官商鬥法
第二輯
之17
畫龍終點睛
相
炮

# 目錄 CONTENTS

## 第一章

# 化解危機

孫濤這樣，表明他陷入了一種進退兩難的境地，一方面他心中還有恨意；
但另一方面卻開始為這麼做而產生的後果感到害怕。
孫守義知道他的機會來了，只要他能打消孫濤的顧慮，眼下的危機就能被化解掉了。

首都機場。

傅華看到孫守義出來，趕忙迎了上去。

孫守義看上去顯得十分的疲憊，看到傅華也只是微微點了點頭。傅華趕忙說市長辛苦了，然後伸手接過孫守義隨身的行李。

孫守義沒說什麼，把行李交給傅華，然後就往外走。

孫守義這次回北京很匆忙，事先毫無徵兆，不知道什麼原因，突然作了安排，跟金達說了聲家裏有事，需要他趕回去，就趕回北京。

傅華接到市政府通知也很意外，因爲他根本就不知道孫守義家裏出了什麼事，這顯得他好像有些失職，畢竟駐京辦有責任照顧好領導在京的家屬，好免去領導的後顧之憂。

傅華就打電話問沈佳家裏出了什麼事，沈佳也很納悶，因爲家裏一切正常，根本就沒什麼特別的事發生，搞得傅華一頭霧水，不知道孫守義爲什麼會突然想回北京來。

納悶歸納悶，傅華不敢多嘴去問孫守義，看孫守義一臉的嚴肅，更是閉上了嘴，默默跟在孫守義後面往外走。

出了機場大廳，上了車，孫守義還是一臉的嚴肅，車內的氣氛就顯得有幾分的壓抑。

車開出去好半天，孫守義忽然開口了，沒頭沒腦的問了傅華一句：「傅華，你覺得這個駐京辦主任的職務對你重要嗎？」

傅華愣住了，一時之間有點搞不清狀況。這是什麼情況？孫守義為什麼會突然這麼問呢？難道市裏又有人想把他這個駐京辦主任給換掉嗎？該不會是金達想換掉自己？

傅華知道市裏正在做人事的大調整，最近孫守義還因爲要換掉孫濤，發生了一場很嚴重的衝突。難道市委把主意打到他身上來了？這可是一個危險的信號。

傅華認真地想了想後，然後才說：「市長，當然重要了，駐京辦是我這幾年的心血，對我來說意味著很多東西。」

孫守義看了看傅華，又說了句沒頭沒腦的話：「那重要到什麼程度？」

這話還真是不好回答，駐京辦誠然很重要，但是傅華還真是從來都沒有思考過它重要到什麼程度。

他有點尷尬的看看孫守義，說：「市長，您問這個究竟是什麼意思啊？」

孫守義笑說：「這有什麼不明白的？我想問它在你心目中究竟重要到什麼程度，爲了保住這個職務，你會不會不顧一切鋌而走險，不惜犯法？」

「那當然不會了，」傅華想都沒想的說：「駐京辦雖然很重要，對我來說卻並不代表一切，我心中還有很多東西比它重要得多。」

孫守義又問了句讓傅華不明所以的話：「傅華，你這個駐京辦主任的職務是怎麼得來的？」

傅華心裏悶到了一個不行，孫守義今天見面問的三句話都沒離開他的職務，難道孫守義和金達真的準備拿掉他駐京辦主任的職務？

傅華如實地說：「那時因爲我母親去世，我想換個環境離開海川，當時的曲煒市長就讓我來駐京辦做主任了。」

孫守義聽了說：「那就是說，你坐上這個位置很容易了？可是你想沒想過，有很多人要坐到這個位置是要付出大半生的努力的？」

傅華越發納悶了，他看了看孫守義，孫守義神色間好像沒有什麼不對的地方，於是定了定心神說：「我知道，所以對我常常感到很幸運，也十分珍惜。市長，是不是我做錯什麼事了？」

孫守義微微笑了笑說：「我只是突然想到這個，就問你兩句，你別瞎想什麼。」

孫守義說完，眼神就轉向窗外，望著窗外的景色，再也沒說話了，弄得傅華丈二和尙摸不著頭腦，心裏悶到了一個不行。

孫守義卻一直看著窗外，思緒飛回到那天孫濤拿著刀抵著他的後心的時候去了。

他問傅華這幾句奇怪的話，其實都是對那天的情景有感而發的。當時他爲了安撫孫濤，便勸他說「人活著一輩子是爲了什麼？還不都是爲了我們身邊愛我們的親人」，孫濤聽了這句話後，雖然沒有放下刀子，卻在他背後嚶嚶哭了起來。

這個情景讓孫守義感到哭笑不得，一個七尺男兒手裏拿著刀子，居然會像女人一樣哭泣；如果不是刀子還抵在他的背上，他一定會忍不住笑出來的。

不過，孫濤這樣，表明他陷入了一種進退兩難的境地，一方面他心中還有恨意，不想放棄對孫守義的報復；但另一方面卻開始爲這麼做而產生的後果感到害怕。

孫守義知道他的機會來了，只要他能打消孫濤的顧慮，眼下的危機就能被化解掉了。

孫守義想了想說：「孫濤，我看出來你現在後悔了，這樣吧，我再給你一次機會。」

孫濤愣了一下，停止了啜泣，他感到似乎有了一絲希望，便問道：「你要給我什麼機會？難道你能幫我恢復縣委書記的職務？」

孫守義說：「孫濤，你在想什麼呢，常委會上已經決定的事，我怎麼改變啊？再說，那是你應得的懲罰，你既然敢玩這個政治遊戲，就要有能承受後果的勇氣。你要怨，只能去怨利用你的于捷了。」

孫濤疑惑地說：「那你還能給我什麼機會？」

孫守義語氣平和地說：「嚴格說起來，我不是給你機會，而是給你家人機會，我不忍心他們因爲你的行爲而在人前抬不起頭來，錯的是你，不是他們。所以，如果你能現在放下刀子，我可以當今天晚上我們沒見過面，什麼事情都沒發生過。」

孫濤不相信地說：「我這麼對你，你真能當什麼事都沒發生過？」

孫守義說：「為什麼不能，現在就你我兩人，只要你不亂來，做出傷害我的事來，就算我跟人說你要殺我，恐怕也沒有人信吧？孫濤，你好好想想吧。」

孫濤遲疑了一下，說：「那你以後再想別的辦法來報復我怎麼辦？」

孫守義笑了起來，說：「你都去政協了，我還能怎麼報復你啊？你已經對我無法構成威脅了，我根本沒必要去搭理你啊。」

孫濤仍然不放心地說：「可是你心裏肯定對我有怨氣，一定會找機會整我的。」

孫守義搖搖頭說：「如果你非要這麼想，我也沒辦法。這樣吧，我以我的人格跟你擔保，只要你放下刀子，我孫守義絕對不會報復你。」

「切，用人格擔保？」孫濤不屑的說：「你們這些做領導的，還有什麼人格可言啊?!」

孫守義說：「你信不過我的話，那我以我的家人起誓，如果我今後對你採取什麼報復行為，我的家人一定會遭到報應的。家人對我是最重要的，這你總信了吧？」

「可是，」孫濤猶疑地說：「這種事很難說，誰知道你會不會改變主意啊。」

孫守義這下子真火了，大罵道：「孫濤，你這也不行那也不行的，到底想要怎麼樣？你還算是個男人嗎？」

孫濤本來就十分緊張，神經緊繃到了一個極點，孫守義猛地一聲大吼，嚇得他心臟一顫，手一鬆，噹啷一聲，刀子掉到了地上。孫守義後背的威脅一去，迅速閃身，變成跟孫濤面對面的狀態。

孫守義正準備跟孫濤展開一場搏鬥的，哪知道孫濤一下子癱軟到地上，嚎啕大哭起來。

孫守義一看孫濤這個樣子，心裏不由得暗道：就你這個熊樣，還想拿刀殺人啊？你根本就沒那個膽量。

孫守義上前一步，先把地上的刀子搶到了手裏，然後坐了下來，靜靜看著孫濤痛哭。過了一會兒，看孫濤哭得沒聲了，這才說道：「好了，一個大男人有點樣子好不好？你哭夠了吧？哭夠了的話，滾回家睡覺去吧。」

孫濤看了孫守義一眼，哽咽著說：「市長，那……」

這聲市長叫出來，孫守義就知道孫濤已經屈服了，就說道：「不用這個那個的，我跟你說了不計較就不會計較的。以後再做什麼事情，先想想家人再做，別這麼大年紀了，還一點小事就看不開。」

孫濤可憐兮兮的說：「那謝謝市長了。」

孫濤擦了擦臉上的鼻涕和淚水，便要往外走，孫守義在後面喊了一句：「等等，把你的刀子拿走，別留在這裏礙眼。」

孫濤回過頭來感激的看了孫守義一眼，孫守義讓他把刀拿走，意思是不想留下他任何的把柄，這種行爲實在是比他度量大多了，他低著頭把刀接了過去，然後開了門灰溜溜的走了。

孫濤走後，孫守義緊繃的神經這才鬆懈下來，發現他的後背涼涼的，原來不知道什麼時候，他的背已經被冷汗濕透了。

孫守義去酒櫃裏抓出一瓶白酒，打開蓋子，就咕嚕咕嚕喝起來，猛灌一陣後，他一屁股坐到地上，渾身像篩糠一樣發起抖來。

在被孫濤用刀抵住後心，面臨生死的那一刻，孫守義腦海中瞬時思緒叢生。令他詫異的是，他想的最多的居然是沈佳和兒子。

想兒子是正常的，兒子是他們夫妻倆的心肝寶貝；然而會想到沈佳，就很令孫守義意外了。

他一直將他與沈佳的婚姻視爲是一種交易，故而從未將沈佳視做重心，然而遇到生死抉擇的時刻，他才發現沈佳早就與他融爲一體，絲絲相連，是他生命中難以割捨的一部分了。這讓孫守義心中十分震撼。

他更瞭解到一點，如果僅僅是憑他自己的本事，恐怕他這輩子都很難摸到市長寶座的邊。他能順利登上市長寶座，沈佳居功甚偉。而孫守義一向將之視爲理所當然，從來不覺得他應該感激沈佳和她的家人，現在他才明白自己有多不知道感恩。

也就在這一刻，孫守義領悟到他實在是太虧欠沈佳了，他第一次覺得那麼想念沈佳，

因而迫不及待地想回北京看看沈佳和兒子，告訴他們自己劫後餘生後有多想念他們，也因此才有了這次的返鄉之行。

他決定不再去追究孫濤，孫濤只是一條可憐蟲而已，他不想毀掉了孫濤的仕途後，再去毀了孫濤的家庭。

車子不覺到了孫守義家，孫守義下車時看到傅華一臉的鬱悶，知道他的問話讓傅華多心了，就拍了一下傅華的肩膀，笑笑說：「傅華，我問你那些問題並沒有別的意思，只是我心裏正好有所感觸罷了。行了，你回去吧。」

傅華看了看孫守義，說：「市長，我幫您把行李送上去吧。」

孫守義笑笑說：「不需要，東西很輕的，我自己拎上去就行了。好了，你回去吧，改天我和你嫂子請你和鄭莉吃飯，我很想看看你們和好後甜蜜到什麼程度了。」

傅華看孫守義真的不像對他有什麼看法的樣子，就把行李交給孫守義，離開了。

孫守義一進家門，沈佳看孫守義回來，立即迎上前去，要將孫守義的行李接過去。孫守義卻一把將沈佳拉進懷裏，緊緊地抱著她。

沈佳有些納悶的被孫守義抱著，孫守義從來沒有一回家就對她這樣過，她十分不習慣，想掙脫卻又不捨得，在孫守義懷裏便顯得有些僵硬。

過了一會兒，沈佳才小聲地問了句：「守義啊，出了什麼事了，你為什麼會這個樣子啊？」

孫守義深情地說：「沒事，小佳，我只是覺得這些年虧欠你的太多了。」

沈佳聽了說：「快別這麼說，夫妻是一體的，沒有誰欠誰一說。你今天有點反常啊，肯定是發生什麼事了。還有，你為什麼跟市裏說家裏出事了，搞得傅華還打電話來問我出了什麼事呢。」

孫守義不禁有些埋怨地說：「小佳啊，你就不能暫時放下你的理智，好好享受我們擁抱的這一刻啊？」

沈佳奇怪地說：「守義啊，你這個樣子怪怪的，我真是有點不太習慣。你還是告訴我，究竟出了什麼事了？」

孫守義知道沈佳一向理智慣了，很難改變，就放開沈佳說：「好了，我就知道你會奇怪的，事實上，還真是發生過一些事。」

孫守義就講了那晚孫濤持刀挾持他的事，沈佳一聽到孫守義被孫濤用刀尖抵住後心，忍不住驚叫起來：

「守義，原來你在海川這麼危險，這傢伙是怎麼回事啊？被調整職務居然會這麼報復你。這可怎麼辦？要不要跟老爺子說一聲，把你趕緊調回來啊？」

孫守義笑笑說：「小佳，你別慌，事情不是已經解決了嗎？說實話，我還有些感激他呢，要不是他，我還沒有意識到，原來這世界上我最捨不得的就是你和兒子啊，那一刻我只想立刻回到你和兒子身邊。所以事情一平息，我就立刻跟金達請假，馬上回來了。」

沈佳欣慰地看了一眼孫守義，她相信此刻孫守義是真情流露的。她早就明白孫守義在這段婚姻中有些勉強，她是真心的喜歡孫守義，而孫守義只是爲了她的背景而忍受這段婚姻的，林姍姍的事就是一個明證。

直到現在，孫守義終於被她這麼多年的付出所打動，沈佳心中莫名的竟有點心酸，她等這一刻實在是等得太久了，她感到的只有委屈，沒有激動。

沈佳柔聲地說：「守義，你終於明白我的心意了。」

孫守義看到沈佳眼眶中隱含著淚花，再次抱緊了沈佳，說：「小佳，這些年讓你受委屈了，以後我再也不會這樣了。」

晚上，凱賓斯基，龍苑中餐廳。

一進入大堂，傅華的眼光就聚焦在餐廳的紅色大門上——彷如紫禁城大門一般，頗具皇家的氣派。

還未開始用餐，餐廳的內部裝潢就已讓人大飽眼福。整體走的是古典中式風格，就像走進民國時期大戶人家的廳堂，這與一般五星級酒店中西結合的裝潢風格很不相同，別有一股典雅和豪華之氣。

傅華會來這裏，是因爲喬玉甄爲呂鑫接風的晚宴設在這裏。

他進去時，呂鑫和喬玉甄已經到了。呂鑫跟傅華握了握手，寒暄了幾句。傅華問呂鑫此次來北京有什麼事，呂鑫笑笑說：「也沒什麼特別的事，就會會幾位老朋友。」

傅華看座位還有幾個空著，知道還有客人沒來，不知道呂鑫的老朋友究竟是什麼人。

三人閒聊了一會兒，呂鑫忽然問道：「傅先生，你們海川市的市長是不是回北京了？」

傅華聽了笑說：「呂先生的消息真靈通啊，他今天剛回來，呂先生問起他，是不是有什麼事啊？」

呂鑫笑笑說：「我知道他回北京並不奇怪，是丁益和伍權告訴我的。原本我想去海川看看，跟海川市的市長接觸一下，就讓丁益想辦法約見，結果他們告訴我孫市長回北京了。」

傅華看了看呂鑫說：「呂先生想見我們市長？」

呂鑫說：「既然他和我都在北京，見見也無妨。只是不知道傅先生能不能幫我安排一下？」

傅華婉轉地說：「我可以幫呂先生知會我們市長一聲，只是我不能保證我們市長一定會見您。他這次是私人行程，會不會做這些公務上的會見，我很難確定。」

呂鑫也算是在海川市有投資的商人，傅華沒有必要阻擋他見孫守義，只是不知道孫守義願不願意見他，所以先把話說在前面。

呂鑫說：「你能幫我提一下就好，如果他在北京沒有時間見我，幫我約去海川見面也行。」

傅華答應說：「行，我會跟市長提的。」

這時，一個個子不高的中年男人走了進來。男人看來文質彬彬，頗有幾分學者風範。呂鑫看到他，立即站起來迎過去跟男人握了握手，說：「巴庭長，你可是來的有點晚啊。」

傅華一看來人，也趕忙站了起來，這人他認識，原來在大學時他選修過這個人的課，是他的老師之一，名字叫巴東煌，是北大法律系一位很有學識的教授。後來學而優從政，進入最高法院工作，據說現在是最高法院的民庭庭長。

這時，喬玉甄迎了上去，跟巴東煌握手問好，傅華跟在喬玉甄的後面，也跟巴東煌握了握手，說：「您好，巴教授。」

巴東煌看了傅華一眼，說：「你眼生得很，不過你既然叫我教授，看來是北大的學生了。」

傅華點點頭說：「是的，巴教授，我是北大經濟系的學生，曾經選修過您的民法學，我至今還記得您在課堂上不拿講義，侃侃而談的神采啊。」

巴東煌曾是北大法學系四大才子之一，講課從不帶講義，旁徵博引，一堂課下來，學生們都是聽得全神貫注、意猶未盡，有不少學生對巴東煌十分的崇拜。

巴東煌聽傅華說起他當年的事，臉上笑容更盛了，說：「那時候我是有點恃才輕狂啊，誒，呂先生，您這位朋友要怎麼稱呼啊？」

呂鑫笑笑說：「這位是傅華傅先生，在海川駐京辦做主任。」

巴東煌聽了說：「原來還是一名官員啊。」

傅華趕忙說：「不值一提的小官罷了。」

巴東煌說：「不能這麼說，社會上對你們駐京辦很關注，都認為你們的力量很大。原本我還覺得這種說法不符合事實，一個駐京辦主任能有多大力量啊，今天一看你跟呂先生和喬小姐都認識，才知道外面那些說法不完全是捕風捉影，是有一定依據的。」

傅華有些不好意思地說：「巴教授，您太高看我了，我不過是湊巧跟呂先生和小喬認識罷了。」

「小喬？」巴東煌看了喬玉甄一眼，笑說：「誒，這不公平吧？我們早就認識了，你還從來沒允許我叫你小喬呢，看來你跟傅主任關係挺親密的啊？」

「這有什麼奇怪的，傅華跟我父親是東海省的老鄉，我們有很親密的稱呼也很正常啊。巴庭長不會因此吃醋了吧？」喬玉甄打趣說。

巴東煌故作埋怨說：「是有點，我知道能被你看上的人可不多啊，這個傅主任肯定是有他獨到之處。」

傅華趕忙否認說：「巴教授，看您說的，那不過是個稱呼而已嘛。」

呂鑫在一旁說：「巴庭長，你就是要吃醋，也要等我們先坐下來再吃好不好，站這麼久很累的。」

巴東煌笑笑說：「哈哈，這是我的不是了，大家快坐吧。」

四個人就坐了下來。

巴東煌看看另一個空著的座位，說：「這個白建松，做什麼都是拖拖拉拉的，怎麼到現在還沒有來啊，枉他還算是紀律部隊的一員。」

一聽白建松這個名字，傅華心裏不由得有些吃驚。這個白建松官居公安部副部長，也是在北京數得出來的高官之一。傅華心說，今晚這場宴會的層次還真是不小啊，巴東煌這個最高法院的庭長能來，已經很令他吃驚了，連白建松也會出席，一桌上居然來兩個副部級的領導，這個喬玉甄的能力真是不簡單。

傅華不禁問喬玉甄道：「你是怎麼跟巴教授認識的？」

喬玉甄笑說：「誒，傅華，你這個學生很不稱職啊，連老師是哪裡人都不知道啊。」

傅華不明所以，納悶地說：「這我還真是不知道呢，誒，教授，您是哪裡人啊？」

巴東煌笑了笑說：「我祖籍是嶺南省，我想你就明白我和呂先生和喬小姐是怎麼認識的了。」

傅華一下子恍然了，他記起看到過白建松的履歷上好像也是嶺南省人，呂鑫這些年觸角伸進內地，還是嶺南省的政協委員；而喬玉甄之前活動範圍也是香港嶺南一帶，這四人的圈子一定是因爲嶺南才結成的。

說話間，又有兩個男人走了進來，其中一個，就是公安部副部長白建松；另一個，樣貌很年輕，傅華也叫得出名字，因爲這個人是新聞媒體上的熟面孔，國內有名的富豪之一，上過富比士排行榜，名字叫做盧天罡。他旗下的天罡集團業務涉及到房產開發，數位科技等等，反正財產數目十分驚人。

傅華忍不住看了喬玉甄一眼，心說：你還真是看得起我，拉我參加這麼多重量級人物的餐會。

盧天罡一進來就嚷嚷道：「誒，老呂啊，不好意思，害你跟喬董久等了，這個破北京交通就是不行，一到晚上就堵得要命。在路上我還埋怨老白呢，你說他一個公安部的副部長，怎麼就不能解決這個堵車的問題呢？還不如把這個官讓我來幹，保證一個月就能解決這個問題。」

盧天罡出身草莽，是個沒有太高學歷的草根型企業家，作風一向是大大咧咧的。

白建松聽了，說：「老盧，你就吹牛吧，北京的交通，有多少專家研究過，如果有辦法，早就解決了，還用等你來嗎，真是笑話。」

盧天罡嗤了聲說：「那些都算是什麼專家啊，都是國家拿錢養得沒用的東西，一個個別的本事沒有，就會跟著唱高調。咦，怎麼有個生面孔啊，這位朋友是？」

盧天罡這時才注意到傅華。顯然今天這個聚會應該算是嶺南省圈子頂尖人物的聚會，只有傅華一個人算是圈外人，所以盧天罡才會感到有些驚訝。

喬玉甄笑說：「盧主席，這位是我和呂先生的朋友，是東海省海川市駐京辦的主任。」

傅華趕忙站起來說：「您好，盧主席，很高興認識您。」

「你是駐京辦主任？有意思啊，」盧天罡跟傅華握了握手，說：「你也別您您的了，我不習慣被這麼稱呼，好像我很老了一樣，就你我稱呼就好。」

盧天罡年紀甚至比傅華還年輕，算是少年得志，雖然沒受過什麼教育，但是血脈中天生就有做生意的頭腦，二十出頭就將企業帝國的版圖擴張得很大，雖然算不上富可敵國，但是其財富數目也是令人咋舌的。

不過盧天罡雖然是豪富，卻以直爽出名，待人接物向來不拘小節，所以才會這麼說。

白建松也跟傅華握了手，笑笑說：「是啊，跟我們在一起就不用那麼客氣了，能進這個圈子的人都是朋友，不講什麼身分的。不過，能進這個圈子的人可不多，你這個駐京辦主任也算是有點能力了。」

傅華自謙道：「我其實是不夠格的，我是被喬董拉來給呂先生接風，並不知道另外來給呂先生接風的都是誰。要是知道的話，我可能就不敢來了。」

呂鑫在一旁笑說：「傅先生，你這話就有點見外了啊，我認識這些朋友的時候，還什麼都不是呢，難道我們就不能交朋友了嗎？好了，現在人都到齊了，是不是可以上菜了？」

於是開始上菜，菜式是粵菜風味，先上來的是五道冷盤，，第一道是蜜瓜拼鴨脯，接下來是蒜蓉木耳、蘑菇竹筍螃蟹，每一道都酥嫩鮮脆，非常可口。

喬玉甄讓服務員開了一瓶拉菲，它有著獨一無二的波爾多紅酒的風采，是法國紅酒華麗的典範。

在座的除了傅華之外，都是見多識廣的人，酒雖然很好，但是沒有人去在意這些，他們的注意力並不在酒和菜肴上，而是隨意的談論著這段時日他們發生的一些趣事。

相形之下，傅華就顯得有點格格不入了，他一方面與這些人沒有什麼共同的經歷，二來也聽不懂嶺南的方言，無法融入到他們的氛圍中，心裏便不由得很後悔來參加這次的聚會。

唯一讓傅華感到奇怪的一點，就是呂鑫是有著黑道背景的香港人，跟盧天罡這樣一個出身草根的富豪關係密切還可以想像，但爲什麼他會跟白建松、巴東煌這些官方的顯赫人物關係也這麼密切呢？這倒是頗耐人尋味。

喬玉甄注意到傅華的落寞，端起酒杯，問說：「怎麼，悶著你了？」

傅華笑笑說：「你今天真不該邀請我來的，我甚至連你們在說什麼都聽不懂。」

喬玉甄歉意地說：「本來想叫你來湊湊熱鬧的，沒想到反而冷落了你。來，我敬你一杯，當賠罪好了。」

巴東煌注意到傅華和喬玉甄之間的舉動，湊過來說：「誒，你們倆不能這樣啊，當著這麼多人面前卿卿我我的，讓我都有些感到吃醋了。」

傅華隱隱感到這個巴東煌似乎對喬玉甄很感興趣，對喬玉甄的一舉一動十分注意。

喬玉甄卻好像對巴東煌不太感興趣的樣子，有點不屑的瞟了巴東煌一眼，說：「巴庭長，你這可是有點爲老不尊了，跟自己的學生也開這種玩笑，不太合適吧？」

巴東煌嘻皮笑臉地說：「我可不知道什麼學生老師的，我只知道他和我都是男人，男人對美女都是無法免疫的。你說是吧，小喬？」

巴東煌刻意稱喬玉甄爲小喬，擺明有些調笑的成分，傅華有些後悔不該不加注意就脫口稱呼喬玉甄爲小喬，給喬玉甄惹下這個麻煩。更沒想到的是，巴東煌身爲最高法院的民庭庭長，居然這麼明目張膽的調戲女人，一點也不注意他法官的身分和形象。

喬玉甄臉色爲之一變，眼神中有幾分惱怒，顯然對巴東煌的做法很不高興。

傅華看到了，怕喬玉甄壓不住火氣當場發作。這次的聚會是喬玉甄發起的，她這個主人如果發火，場面就會僵了。

傅華趕忙端起酒杯，打圓場說：「巴教授既然想湊這個熱鬧，那我們就一起吧。」

呂鑫可能也感覺到了喬玉甄的不高興，便也拿起酒杯說：「誒，巴庭長，你酒饞的話，可以跟我喝啊，你不是來給我接風的嗎，怎麼還不跟我喝一杯啊？」

傅華注意到呂鑫眼神掃過巴東煌的時候，巴東煌顯得很緊張，好像對呂鑫有些畏懼。

果然巴東煌見呂鑫那麼說，馬上就笑笑說：「你看我這個腦子，怎麼忘記給呂先生接風這個事了呢？來來，呂先生，我敬你。」

巴東煌就跟呂鑫碰了碰杯，各自喝了一口酒。

巴東煌去跟呂鑫碰杯，倒把傅華給晾在一旁了，傅華本來端著酒杯是想跟巴東煌碰杯的，現在只好收了回來。

喬玉甄便跟他碰了一下杯，笑笑說：「好了，我們喝我們的，別去理他了。」

傅華就和喬玉甄碰了碰杯，喝了口杯中酒。

冷盤過後，接著是一道蘆筍鮑魚湯，喬玉甄招呼眾人喝湯。借著這道湯，巴東煌和喬

玉甄之間的尷尬就掩飾了過去。

緊接著又上了一道菜——蒜蓉香菜鱈魚。鱈魚入口即溶，美味絕倫。佐料絲毫不損原味的純美，使鱈魚的美味更加出眾。

吃了一會兒，盧天罡主動端起酒杯跟傅華喝了一杯，跟傅華說，如果海川有什麼好項目適合天罡集團的，叫傅華可以拿著資料直接去找他。

白建松調侃說：「老盧，你這傢伙真是不愧是商人，什麼時候都不忘生意。來，傅主任，不要去理這個財迷，我們喝酒吧。」

盧天罡、白建松和巴東煌這三個人，傅華最喜歡白建松這種待人接物的方式。巴東煌像個色鬼，話裏話外都想要占喬玉甄便宜的意思，讓他很反感。

盧天罡大咧咧的，好像不拘小節，但是他的這種大咧咧有一種居高臨下、盛氣凌人之勢，似乎他的不拘小節是一種施捨。

只有白建松，雖然貴爲公安部副部長，卻一點副部長的架子都沒有，他跟盧天罡開的幾個玩笑都很隨和，讓傅華對他很有好感。因而見白建松敬他的酒，傅華趕忙端起酒杯跟白建松碰了碰，然後各自喝了一口酒。

最後的甜點是燕窩蛋撻，蛋撻外皮酥脆，入口先是感覺到像果凍般爽口彈牙的燕窩，緊接著品嘗到香酥及充滿奶香的蛋撻酥皮，層次豐富，算是給這次的聚會畫下了一個完美的句號。

晚宴結束後，巴東煌、白建松和盧天罡先後離開，巴東煌離開時，還戀戀不捨的看了喬玉甄一眼，不過當著呂鑫的面，他不敢有什麼出格的行爲，看了看就離開了。

呂鑫送走三人之後，不忘提醒傅華讓他儘快安排跟孫守義見面的事，之後也離開了。

喬玉甄跟傅華一起出了凱賓斯基酒店，抱歉地說：「不好意思傅華，今天有巴東煌這個討厭鬼在，讓你沒能盡興，改天我再專程請你吧。」

# 第二章

# 大做文章

孫濤就坐到孫守義的對面，想了想說：
「看來市長是想在花卉苗木基地上做文章？其實，您如果不把我弄到文史辦公室去，我在雲山縣也想在這方面大做文章的，不知道這算不算是英雄所見略同呢。」

第二天一早，傅華剛到駐京辦，就接到孫守義的電話，讓他派車過去接他。傅華立即動身去孫守義那兒，看到孫守義神色比昨天好了很多，看到傅華還笑了笑。孫守義上了車，讓傅華送他去農業部，說要去農業部拜訪舊同事和領導。

車子往農業部開，傅華閒聊說：「市長，您這次回來，沈姐一定很高興吧？」

孫守義笑了笑，沒說什麼。傅華看到他沒說話，便不好再跟他說什麼了。孫守義沒說話，是他不知道該怎麼回答好。

原本孫守義是帶著一種補償的心態回來的，想要好好的陪陪沈佳，因此在晚上兩人溫存時，孫守義就表現出很熱情的樣子，竭力去逢迎沈佳；沈佳似乎也被他的熱情帶動，全力地配合他。

按說這本該是一場愉悅的魚水之歡，但是孫守義卻發現他早已習慣了劉麗華那種年輕富有彈性的胴體，沈佳這種身材走樣的身體很難喚起他真正的激情來，讓他心裏感覺既彆扭又愧疚。

男人果真還是感官的動物，幸好他表演得不錯，最後沈佳滿足的偎依在他懷裏，甜甜的睡了過去。

早上沈佳喊他吃早餐時，臉上還帶著一種掩飾不住的甜蜜表情，孫守義看她這個樣子，心想：起碼他達到這次回北京補償妻子的目的了。

車子開行了一段時間後，孫守義發現車內的氣氛有點沉悶，就沒話找話說：「傅華，你也是北大的，對吳傾教授瞭解嗎？咱們的曲副市長據說想找吳傾做博導。」

傅華點點頭說：「吳傾現在是北大的明星教授，曲副市長去見他的時候，我就在一旁呢。」

孫守義說：「那你覺得吳傾會接受曲副市長做他的學生嗎？」

傅華不好在孫守義面前提及吳傾的不雅癖好，想了想說：「我覺得應該差不多吧，我看當時兩人談得挺投機的。」

孫守義笑了笑說：「是嗎，那我們的曲副市長算是貼上了金字招牌了。」

傅華不好對領導的事隨便加以評論，就轉移話題說：「誒，市長，丁益和伍權有沒有跟您彙報過，他們在舊城改造項目中引進了一個香港商人的投資啊？」

孫守義想了想說：「好像是一個叫做呂鑫的商人，還是什麼嶺南省政協的委員，怎麼了，你怎麼會說起他來了？」

傅華回說：「這個呂鑫現在人在北京，昨晚我們還一起吃飯來著。吃飯時，他跟我說想見見您，不知道您願不願意見他？」

孫守義看了一眼傅華，說：「傅華，你跟這個呂鑫來往的很密切啊，你知道他的背景嗎？」

孫守義這麼問，傳華就知道孫守義曉得呂鑫有黑道的背景，於是說：

「我知道呂鑫的背景。我會認識他，是當初跟伍弈一起去香港尋找上市機會的時候，上過他的天皇星號賭船。不過，我跟他並沒有很密切的往來，從香港回來後，我們基本上斷了聯繫。現在會再來往，是因爲伍權和丁益的關係。」

孫守義聽了說：「既然你對他這麼熟悉，那你幫我拿個主意，你說我見不見他呢？」

傅華愣了一下，沒想到孫守義居然把這個問題丟給他，想來孫守義對見呂鑫有所顧慮，傅華想了想說：「市長，我只是替他傳個話，並不是說您非要見他不可；如果您不願意見他，那我回絕他就是了。」

孫守義不禁笑說：「你倒挺滑頭的，我讓你幫我拿主意，你還是讓我自己做這個決定啊。」

傅華想了想說：「我想市長對見不見他，心中肯定早有決定了，根本就不需要我來出主意的。」

孫守義呵呵笑說：「好吧，那你告訴他，我願意見他。」

這又是一個讓傅華意外的答案，原本他還以爲孫守義不想見呂鑫呢。遲疑了一下，說：「行，市長，回頭我馬上就通知他。」

孫守義說：「不要用通知這種居高臨下的方式，能來海川投資的，都是我們海川市的

貴客，不論他是什麼背景，只要他能合法經營，海川市都十分歡迎。你問他一下，他住在什麼地方，我會專程登門去拜訪他的。」

孫守義這麼說，傅華就明白他的意思了，他之所以願意去見呂鑫，是在向呂鑫表明他這個海川市市長對各方客商都是無上歡迎的。

這種開放的胸襟對海川市吸引外來投資是很有利的，看來孫守義這個市長已經有著眼於海川市全局的一種執政思維了。傅華便笑笑說：「好的市長，我會儘快把您要去拜訪他的意思轉達給他的。」

車子到了農業部，孫守義下車去找他的舊同事和領導去了。傅華就打電話給呂鑫。呂鑫聽孫守義居然要去登門拜訪他，不禁說道：「傅先生，這位孫市長是個人物啊，竟然一點架子都不擺，很懂得禮賢下士啊。既然這樣，那你就告訴他，我隨時恭候他的大駕。」

呂鑫也是見多識廣的人，馬上就明白了孫守義登門拜訪的真實意圖，也不假意推辭，便告訴傅華他住的酒店。講完這件事，傅華就坐在車子裏等孫守義出來。

正在傅華百無聊賴的時候，手機響了起來，是曲煒打來的。他想起了前些日子拜託曲煒打聽的于立那個案子，大概是有著落了，便趕忙接了電話，說：「您好，市長。」

「我不好，」曲煒開口就很不高興的說道：「你知道你上次讓我打聽的案子牽涉到了誰嗎？」

傅華愣了一下，說：「您這麼不高興，肯定是不好惹的人物了。」

曲煒不滿地說：「是啊，連我都惹不起。」

傅華想了想說：「難道您說的是孟副省長？」

傅華之所以這麼說，是因爲于立那個煤礦是在東海省東桓市境內，遍數東海省政壇，連曲煒都不敢惹、又與東桓市有關的人物，除了孟副省長，不做第二人想。

曲煒抱怨說：「算你聰明。我省高院的朋友跟我說這件案子是孟副省長在背後操作，要我儘量不要插手這件事。孟副省長也不曉得是怎麼知道了我在打聽這個案子，跟我見面的時候，還陰陽怪氣的損了我幾句。」

傅華聽了很過意不去，沒想到給曲煒造成這樣的麻煩，趕忙道歉說：「市長，對不起啊，沒想到會給你惹上這種麻煩。」

曲煒嘆說：「好了，你跟我之間就不要說什麼對不起了。現在你那個朋友的對手後面有孟副省長撐腰，省高院這裏想要撤銷調解書，基本上可能性不大，除非有辦法把案子弄到最高法院去。大致情況就是這樣，你自己看著辦吧。」

傅華說：「我知道了，市長，謝謝您了。」

「謝我幹嘛，我也沒幫上你什麼忙，好了，我還有事，掛了。」

曲煒就掛了電話，傅華立即打給賈昊，把曲煒的話轉告給他。

「師兄啊，于立的事在東海省高院這邊恐怕是無法解決了，我那位老上級能幫的就這麼多了，剩下的你們自己想辦法吧。」

賈昊沉吟了半晌，然後說：「看這個樣子，得要在最高法院找人才行啊，找誰好呢？小師弟啊，你在最高法院有認識的人嗎？」

傅華說：「認識的人是有，不過沒什麼過硬的交情，沒什麼用的。」

本來傅華是想說出巴東煌的，如果他真要找巴東煌的話，相信也可以通過喬玉甄跟巴東煌溝通，但是經過昨晚，他對巴東煌的印象實在太差，加上他也不願意太攪合進于立和賈昊的事情當中去，所以最後還是沒提巴東煌的名字。

賈昊悵然地說：「哦，是這樣啊，那行，我看看能不能找找別人吧。」便掛了電話。

過了一會兒，孫守義從農業部走了出來，傅華看他的臉上帶著笑意，就知道他此行肯定有不錯的結果。

孫守義上了車，傅華跟他彙報了跟呂鑫聯繫的情況，孫守義看了一下時間，這時候如果去見呂鑫，剛好快到吃午飯的時間，於是問傅華說：「要不我們去叨擾呂鑫一頓午飯吧？」

傅華笑說：「也好啊，對呂鑫這種級數的老闆，多請少請一頓飯根本就沒差的。」

孫守義聽了說：「那行，你打電話給他，問他有沒有時間，就說我現在過去看他，順便請他吃飯。」

傅華就撥了電話過去，呂鑫立即說好，於是兩人便直奔呂鑫所在的酒店。

見了面，傅華介紹兩人認識，呂鑫邊跟孫守義握手邊說：「早就聽說孫市長年輕有爲，今日一見，果然名不虛傳啊。」

孫守義笑笑說：「呂先生客氣了，我不過是尸位素餐罷了。我今天登門拜訪呂先生，一來是想感謝呂先生對我們海川市投資環境的信賴，在海川投下鉅資發展舊城改造項目；二來，也想問計於呂先生，看呂先生對我們海川市經濟發展有什麼高見沒有？」

呂鑫見孫守義態度如此客氣，高興地說：「您真是客氣了，商人在商言商，我投資海川市舊城改造項目，也是看好這個項目的發展能夠給我帶來巨大的收益，您來謝我，我真是愧不敢當……」

談了一會兒，呂鑫看看時間，說：「市長，我們一起用頓便餐吧，先說好啊，這頓飯就由我買單吧，您親自登門拜訪我，我已經很感激了。在這裏我是主人，實在沒有客人請主人吃飯的道理，所以您給我個薄面吧？」

孫守義便笑笑說：「那我就恭敬不如從命了。」

呂鑫說：「孫市長真是爽快人，那請吧。」

於是呂鑫和孫守義、傅華三人就在酒店的餐飲部用了餐。

席間賓主相談甚歡，孫守義和呂鑫更是定下了在海川相見的約會。

吃完飯後，孫守義就和呂鑫分了手，讓傅華送他回家。

晚上，孫守義和沈佳一起去見趙老。趙老看到孫守義就開玩笑說：「這不是我們的新市長回來了嗎？」

孫守義笑說：「老爺子，看你這話說的，我就算是做了省長，在您面前不還是那個小孫嗎？」

趙老欣慰地說：「算你會說話。怎麼樣，這市長做得還順手吧？」

孫守義搖搖頭說：「老爺子，還真說不上順手，我這次突然跑回來，就是因爲出了一件事情……」

孫守義就把孫濤的事又講了一遍，還說自己終於深刻體會到家人對他的重要。

趙老頗有深意地說：「小孫，你總算覺悟到這一點了。外面那些花花草草雖然美好，卻都是靠不住的，會一直在你身旁支持你的，只有你的結髮妻子，你一定要懂得好好珍惜。」

孫守義點點頭說：「我明白，老爺子。」

趙老接著說：「你對孫濤的做法我贊同，該懲罰是要懲罰，但是也不要一點餘地都不留。這一次你放過他，我想他會感激你的，以後你可以視情況把這個人再啓用起來。如果你用他，相信他絕對會對你很忠誠的，因爲你給了他根本不敢想的東西。」

孫守義點點頭說：「老爺子，我跟您想的差不多，其實這個人並不是個十分精明的人，他跟我作對，也是受了別人的蠱惑。這種人如果能收服過來，還是有用的。」

趙老說：「那你對市委副書記于捷這個人準備怎麼辦啊？」

孫守義說：「還能怎麼辦，多提防一些罷了。我想過，就算是我和金達聯手，將于捷從海川擠走，一樣會有新的對手產生；于捷這個人，壞心眼是有的，但是智謀還嫌不足，我和金達對付起他來還算綽綽有餘；留他在海川，也顯得我和金達有能容人的雅量，對我們來說並不是一件壞事。」

趙老讚賞地說：「不錯啊，小孫，你現在成熟多了。你能夠選擇跟金達合作而非博弈，更是一著好棋，這對你未來的發展很有好處。其實在官場上，相比起跟人鬥爭來，跟人合作更難，因爲你要壓抑住那種跟人一較長短的念頭很不容易。你要記住現在的這種心態。」

「不過，要做好這個市長，光做到跟金達合作還遠遠不夠。」趙老又說。

孫守義不解地看了看趙老說：「老爺子，您的意思是我還要做什麼？」

趙老說：「一個官員需要有一些能讓人記得住的政績，比方說金達，一提起海川科技園區項目，人們就會想到金達，而你，有什麼能讓人記住的東西呢？」

孫守義不禁說道：「老爺子，我才剛上任，什麼都沒正式開始呢。」

趙老提醒他說：「沒開始不代表你就不應該思考這方面的問題，現在市長寶座已經在你的掌握之下，你該想想要做點什麼，好讓海川市的市民記住你這個市長。」

孫守義爲難地說：「老爺子，這個問題我不是沒有想過，只是一時之間，我沒什麼好點子。」

趙老提點說：「你不要專想大的，其實從小處著眼，反而能做出大文章來。」

孫守義看了看趙老，笑說：「老爺子，您是不是有什麼好建議要給我啊？」

趙老笑笑說：「具體的計畫我還沒有，不過，這幾天我琢磨過海川市的整體形勢，小孫你看啊，海川本身就是東海省的一個工業強市，短時間內你想在工業方面給人耳目一新的感覺，可能性是很低的。」

孫守義覺得趙老的這個分析很對，要想在工業方面做出成績是很難的，因爲就算花了大氣力，也無法在這個上面增加多少績效，如果著眼點放在這裏，只會吃力不討好。

孫守義說：「老爺子，您分析的真是太到位了，我如果想在工業方面做點成績出來，應該很不容易，也不會是短時間內能夠見效的事。」

趙老說：「是啊，所以工業方面你就不要費心去想了；另一方面，海洋經濟方面，金達做得已經很不錯了，這方面的光芒都在他身上，你如果想在這上面超過他的風頭也不容易，不小心還會惹起他的反感，對你們的合作並不利。」

孫守義不禁看了看趙老，問道：「那您說我應該從什麼地方著手呢？」

趙老笑說：「我想你應該想到了，這恰好與你的背景相呼應，你不是從農業部下來的嗎？爲什麼不在農業方面想想點子呢？」

「農業方面？」孫守義遲疑地說：「老爺子，這個我不是沒想過，可是我之前搞的幾個項目在海川並不是很成功，想從這方面著手，好像有點不太行。」

趙老搖頭說：「不是不行，而是你的著眼點本身就錯了。」

孫守義愣了一下，說：「老爺子，您這話是什麼意思啊？您的意思是我選擇農業部的項目本身就錯了？」

趙老笑笑說：「對啊，你想過沒有，農業部很多項目雖然很好，卻不一定適合在海川推廣；退一步說，就算適合在海川推廣，推廣是需要時間的，短時間內你想形成規模，可能嗎？」

孫守義說：「當然是不可能啦。」

趙老說：「既然不可能，就無法作爲你的政績，那這個項目就算再好，對你也是沒用的，對吧？」

「對啊，老爺子您說的很對，不過，這樣那樣都不行，您要我怎麼辦呢？」孫守義納悶地說。

趙老笑笑說：「這就把你難住啦？小孫啊，你要把視野放廣一點，農業的範圍很大，你能做的事情也很多啊。」

孫守義搔了搔頭，一臉難色地說：「老爺子，我還是想不出來是什麼啊。」

沈佳在一旁看了說：「老爺子，守義哪有您的腦筋靈活啊，您如果想到什麼，就跟他明說吧。」

趙老笑說：「我都一把年紀了，小孫還能不如我腦筋靈活？」

沈佳說：「腦筋與年紀又沒什麼關係，好啦，您就別跟他兜圈子了，直接說是什麼好了。」

趙老笑笑說：「那好，我就直說了。小孫啊，其實你不應該把視線放在農業部的新項目上，而是應該著眼於海川已經發展的不錯，但是還沒被重視起來的一些農業項目。這些項目因爲有了發展的基礎，只要你在背後加把勁扶持一下，成效馬上就出來了。我想，這樣的項目在海川應該不會沒有吧？」

孫守義頓時有茅塞頓開的感覺，不禁脫口說道：「還是老爺子您高明啊，想想海川市還真有不少這樣的項目，這些項目只要稍加推動，馬上就會出成績的。」

沈佳取笑說：「你真是事後諸葛啊，要老爺子說出來你才想到，早幹嘛去了。」

孫守義不好意思地說：「我不是沒有老爺子那麼豐富的經驗嘛。」

趙老笑說：「小佳，你不要去怪小孫，他現在想起來也不晚。小孫啊，法子我是教給你了，希望你回去做一篇好文章出來啊。」

孫守義拍拍胸脯說：「老爺子，我一定不會讓您失望的。」

趙老滿意地說：「我等的就是你這句話。我跟你透個消息吧，組織部門對你們這一批從部委下去工作的同志動向十分關心，有意在你們當中選擇幾個做得不錯的，作爲將來要重點任用的幹部。小孫，你這次順利當選爲海川市市長，已經引起有關領導對你的關注，有領導還跟我說，讓你下去這步是走對了，你沒有辜負上面對你的信賴。」

孫守義眼睛裏頓時閃出光芒來，感激地看著趙老說：「我能有今天，都是老爺子對我的栽培啊。」

沈佳也說：「是啊，老爺子，守義今天這一切都是您給他的。」

趙老耳提面命地說：「你們先別急著激動，被領導關注了，這是好事，但也是壞事。這說明你下去海川開頭開得不錯。但僅僅有開頭是不夠的，如果後面你不能拿出讓領導感覺一亮的成績出來，那好的開頭會很快就被領導淡忘的。所以你必需要趁領導還沒忘記你

的時候，趕緊做出點成績來，讓領導記住你是個能幹的幹部才行。知道嗎？」

孫守義重重地點頭說：「我明白，老爺子，我回去就馬上著手。」

趙老又說：「還有啊，海川還僅僅是其中一面，你還要把北京這邊的資源運用起來。我這兒就不用說了，組織部門的事我會儘量幫你處理好的。你要運用好的是農業部的資源，你在海川把項目做出點眉目之後，很可以讓農業部去給項目做做總結，然後作爲一項經驗向全國推廣。你在農業部也待了那麼長時間，要怎麼操作，就不用我教你了吧。」

孫守義立即說：「老爺子，我知道怎麼做的。」

趙老笑笑說：「那就行了，我就等著聽你的好消息啦。」

從趙老家出來，孫守義對沈佳說：「老爺子真是厲害啊，輕輕幾句話，就把我的思路給理清了。」

沈佳笑笑說：「是啊，老爺子在政壇也是打拼多年的人了，對這些事閉著眼睛都是一清二楚的。」

第二天，孫守義就專門跑到農業部，不同於上一次僅僅是來尋找支持，這次他帶有特定的目的。他把海川目前幾個發展還不錯的項目跟舊同事談了一下，尋求他們的專業經驗，看看這些項目該如何推動才能有更好的效益。

中午，孫守義就跟舊同事們一起吃了飯，從他們那裏，孫守義得到了不少的好點子，算是收穫頗豐。

晚上，傅華載著鄭莉去跟孫守義夫妻一起吃飯。

四人找了家乾淨的小館。

孫守義看到鄭莉，便說：「小莉，看到你能跟傅華和好，我真是鬆了口氣啊，原本我還真擔心你們倆散夥呢。」

鄭莉笑笑說：「這要多謝沈姐，要不是她推了我一把，可能到現在我和傅華還在鬧彆扭呢。」

孫守義說：「你沈姐不過是助力，你們能夠和好，實際上是你們都還在意著對方。我也是最近才深深意識到家庭的重要性。所以小莉，你和傅華要多珍惜對方啊。」

鄭莉納悶的看著孫守義說：「市長，我怎麼覺得您說這句話似乎是頗有感觸，是不是什麼事情讓您意識到了沈姐的好處啊？」

孫守義笑說：「是有點事，不過不方便跟你和傅華講。」

沈佳知道孫守義不想提孫濤的事，接話說：「好了小莉，我們家守義跟你說這些的意思，是夫妻要多珍惜對方，多體諒對方，不要有點事情就走極端。」

鄭莉說：「沈姐，你的話我記下了，我和傅華以後會注意的。」

孫守義畢竟是海川市的市長，他的工作崗位在海川，沒有多少時間在北京耽擱，因此轉天就飛回了海川。

回海川當天，他就去市政府處理公務了。

曲志霞來彙報了一些工作上的事，彙報完，曲志霞關切的說：「市長，這幾天您要小心一些，那個孫濤跑來市政府好幾次，打聽您什麼時候從北京回來，我擔心他會因爲您調整他的職務，對您有所不利。」

孫守義心說：孫濤早就對我不利過了，這次他找我絕不會是對我不利，不知道他是想幹什麼。

孫守義便說：「是嗎？他能幹什麼啊？你放心好了，他也是受組織培養多年的人，不會有什麼過分的舉動的。」

曲志霞擔心說：「你還是要防備他的好，上次他耍酒瘋，不就差點出事嗎？」

孫守義說：「我心裏有數，我不怕他。」

第二天，孫守義一上班，秘書就過來告訴他孫濤來找他，問他見不見。孫守義說：「爲什麼不見，讓他進來吧。」

秘書就讓孫濤進來了。孫守義衝著孫濤說：「我聽說你找我好幾天了，你想要幹嘛，不會又是想拿刀跟我拼命吧？」

孫濤臉一下紅了，乾笑說：「不是的，市長，我是想謝謝您大人大量，不跟我計較。」

那天孫濤從孫守義的住處離開後，並不完全相信孫守義會不追究的承諾，他的心一直懸著，擔心孫守義把他的行徑通知海川市公安局。

然而一直到第二天，都沒有什麼動靜，後來他聽別人說孫守義回北京了。這時候他才相信孫守義的話，心裏不由得對孫守義起了感激之心。

平心而論，如果是他被人用刀抵住後心，他是不可能像孫守義這麼大度，什麼都不計較的，於是他就想去跟孫守義說聲謝謝。然而跑了好幾次，孫守義都還沒回來。

孫守義淡淡地說：「謝謝就不必了，只要你以後不再拿刀對著我就行了。」

孫濤越發不好意思起來，說：「不會的，市長，我那時候真是鬼迷心竅了，對不起您啦。」

孫守義揮揮手說：「好了孫濤，這件事在那天就已經畫上句號了，你回去好好工作，就當這件事根本沒發生過，我也不會對別人提起的。」

孫濤點點頭說：「我知道了，市長，我會好好工作的。那我回去了。」

孫濤說完就往外走，這時，孫守義忽然有了一個大膽的想法，也許他可以將孫濤用起來，就喊住了他：「孫濤啊，你先等一等。」

孫濤回頭看了看孫守義，驚疑地說：「市長，您還有事？」

孫守義看他一副驚弓之鳥的樣子，笑笑說：「你不用害怕，我孫守義說出來的話絕不會吞回去的。」

孫濤小心地說：「那市長您叫住我，是什麼事啊？」

孫守義看著孫濤說：「孫濤，我是有工作上的事想要問你，只是我不知道可不可以相信你。」

孫濤立即表態說：「市長，您信不信得過我那是您的事，不過我跟您保證，我今後絕對不會再對您犯渾了。那晚的事，我現在想起來就害怕，要不是您勸住了我，我現在真的不知道會是什麼樣子。」

孫守義聽了說：「既然你知道害怕，那就表示我可以相信你了。是這樣的，我記得以前去雲山縣考察時，你帶我看過一個鄉鎮的花卉苗木基地。」

孫濤說：「您是說高水鎮的花卉苗木基地啊？是啊，那裏的花卉苗木做得很不錯，供應了東海省很多地方的園林綠化。」

孫守義說：「我想多瞭解一下，你談談你對這個花卉苗木基地的看法。」

孫濤瞅了孫守義一眼，說：「市長，這似乎不是文史辦公室工作涉及的範圍。」

孫守義笑笑說：「是啊，我知道這與文史搜集根本就無關，那你想不想跟我談呢？如果你不想跟我談，你現在就可以離開，我可以去雲山縣找願意跟我談的人談。」

孫濤說：「我當然想談了，市長您這是給我機會，我怎麼會不知道好歹呢。」

孫守義說：「那你就老老實實的坐下來說吧。」

孫濤就坐到孫守義的對面，想了想說：「看來市長是想在花卉苗木基地上做文章？其實，您如果不把我弄到文史辦公室去，我在雲山縣也想在這方面大做文章的，不知道這算不算是英雄所見略同呢。」

孫守義笑了起來，說：「你不要趁機想給自己翻案。我調你到文史辦公室去，是對你不服從市委工作安排的懲罰，到現在我還是認爲這是正確的。而且，咱們關上門來說，如果不是因爲你被調動，你現在還是于捷副書記的人，對我還會是一肚子意見，根本就不會坐在我面前，真心實意的跟我談什麼英雄所見略同了。」

孫濤反問說：「市長，你怎麼能確定我現在就是真心實意的呢？還有，我現在也還沒認爲我是你的人啊。」

孫守義很坦白地說：「孫濤啊，你認不認爲是我的人無所謂，只要你不跟我搗亂就行。你也該看得出來，我這個人只要你不來惹我，我是不會對你怎麼樣的。當然，我希望你能跟我真心實意，我這是再次把機會放到你的面前，如果我們合作愉快的話，那個文史委員會不一定會是你最後的工作崗位的。」

孫濤不敢置信地說：「市長，您是說您要用我？」

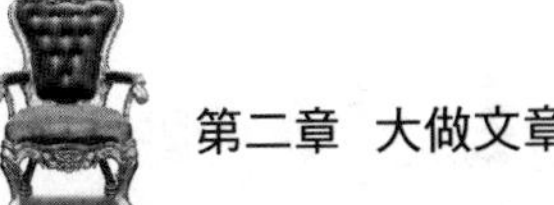

孫守義點點頭說：「是的，我覺得市裏在農業方面的發展還需要補強，你當初在農業方面的工作也算有所作爲，所以我想利用你的專長。我想，我應該比某些人好很多，起碼我不會像某人在背後搞陰謀詭計，害得你到政協喝茶看報紙養老。」

孫濤苦笑說：「于副書記很多方面對我還是很維護的。」

孫守義反駁說：「如果他真的維護你的話，就不會讓你去做跟組織上對著幹的事了。你我都是在官場上打拼多年的人，應該知道跟組織對著幹的人，即使一時得逞，最終的結果也不會好。」

孫濤沈默不說話了。他不得不承認孫守義說的是對的，不過他不願意當著孫守義的面說于捷的不是。

孫守義換了話題說：「好了，我們不討論這些了。談談你對高水鎮花卉苗木基地的看法吧。」

孫濤說：「高水鎮的花卉苗木基地發展有些年頭了，這個基地主要是種植一些園林綠化用的草花、樹木。這些年來，由於對環保的重視，很多城市對綠化所需要的植物需求量很大，高水鎮種植的花卉苗木供不應求。這還是在目前這種雲山縣交通很不便利的前提下。」

孫守義聽了說：「等雲泰公路項目一建成，交通不便的問題馬上就會成爲歷史了。」

孫濤說：「是啊，我也是著眼這一點，想要加大雲山縣的花卉苗木種植面積，準備雲泰公路一通車，就將雲山縣打造成一個花卉苗木的生態種植縣。」

孫守義大為稱讚，忍不住調侃說：「不錯，你很有想法，只是你當初沒用到正道上，卻用來對付我了。」

孫濤難為情地說：「市長就別來笑話我了。」

孫守義說：「跟你開個玩笑罷了。好了，你繼續說下去吧。」

孫濤接著說：「要讓這個生態種植永續發展，光有種植基地肯定是不行的，我覺得應該做好三方面的工作，第一方面，當然是種植基地的建設了，沒有這個，根本就不用談及其他了；第二，則是利用大片種植花卉，把雲山縣打造成一個生態旅遊觀光區。」

孫守義聽了，點點頭說：「雲泰公路一通車，周邊縣市去雲山縣就方便很多了，雲山縣本來山就多，風景也挺好的，讓人們在爬山的過程中看到一些有特色的花卉，肯定很吸引人。」

孫濤不禁說道：「市長，想不到您對這個很有研究啊。」

孫守義心想：這都是我剛從農業部的老同事那裏現學現賣來的，當然很有研究啦。他開玩笑說：「怎麼，你不會認為我真是一個一肚皮草料的草包吧？」

孫濤笑說：「您當然不會是草包了，不過，我也沒想到您對這方面還這麼有研究。」

孫守義笑說：「好了，別拍馬屁了。你不是說三方面嗎，還有一方面呢？」

孫濤侃侃而談說：「再有一點就是花卉的引進、研究和開發。在原有的基礎上，我覺得既然要大做文章，就應該引進國外一些新的和優良的花卉品種，同時加強花卉方面的研究，培育出我們自己的新品種，從而形成花卉生產和科技一條龍，爲花卉種植基地長遠發展奠定基礎。」

孫守義點點頭：「你這個構想如果能夠實現，確實是不錯。我現在有一個初步的構想，要把發展花卉產業作爲我們海川市促進農民收益和新農村建設的一個重要措施。因爲是初步的構想，裏面很多細節需要加以完善，如果到時候我要你幫我來完善這個構想，不知道你會不會會真心實意的來幫我做這件事啊？」

## 第三章

# 點睛之筆

「大董」是北京餐飲界的一個時尚風向標，店裏，明清皇宮窗櫺演變而來的牆壁，做工經典考究，尤其是餐椅上明亮的黃色中國結，成為當中的點睛之筆。這裏的消費水準也所費不貲，算是北京的高檔餐廳之一。

孫濤納悶地說：「可是我才剛被公佈調去市政協，要怎麼幫您呢？」

孫守義笑說：「市政協那邊你還是要去的，現在發展花卉產業這一塊還僅僅是一個假設，我只是想知道你是什麼想法。當然，你如果還要忠實某人的話，我也不反對。只是那樣我要啓動這個項目的時候，就不會打你的主意了。」

孫濤不好意思的看了看孫守義，孫守義的說法對他來說充滿了誘惑，他乾笑了一下說：「市長，我年紀還不大，還不到養老的時候，還是想要做點事情的。」

孫守義笑說：「你這麼說，我就當你是答應幫我的忙了。那行，你先去政協上你的班，等花卉產業這個項目要啓動的時候，我會讓你參加的。」

北京，駐京辦傅華辦公室。

傅華接到了賈昊的電話，賈昊很不高興的說：「小師弟啊，你是不是有點不太夠意思啊？」

傅華愣了一下，說：「怎麼了師兄？」

賈昊說：「你明明就認識最高法院民庭的庭長巴東煌，爲什麼上次我問你最高法院你有沒有認識的人，你提都沒提呢？」

傅華笑笑說：「師兄，你托人找到了巴東煌了？」

賈昊沒好氣的說：「對啊，我不是托人找到他，又怎麼知道他認識你呢？我跟他談及北大的事，就說起你來了。」

傅華趕忙解釋說：「師兄，你別生氣了，我認識他不假，但是，我跟他真是沒什麼交情的。」

賈昊不滿地說：「小師弟，別在我面前裝了，好嗎？你如果跟他沒什麼交情，人家怎麼會提起你的名字，還讓我帶你一起去見他？」

傅華苦笑了一下，說：「師兄，你又不是不瞭解我，我是那種能幫忙卻不幫忙的人嗎？我跟他就見過一次面，是喬玉甄請客，他正好也在，我就跟他談起當初選修他民法課的事。我跟他就這麼點交情。你覺得這點交情夠幫你的忙嗎？」

賈昊說：「不管怎麼說，他確實要我帶你一起過去。我覺得他很重視你。」

傅華笑說：「他那不是重視我，他是因爲喜歡喬玉甄，也許是想透過我打喬玉甄的主意。」

賈昊聽了說：「不會吧？他認識喬玉甄，要打主意可以自己直接去找她，何必要過你這一手？再說，巴東煌總是一個很有名氣的教授，不至於這麼急色吧？」

傅華不置可否地說：「除此之外，我真的想不出他爲什麼會這麼重視我。」

賈昊說：「好了好了，你先不要管他打什麼主意，反正他現在想要你跟我一起去見他，我跟你說，東海省高院那件事對于立和我都很重要，這個忙你怎麼也得幫我，就跟我去應酬一次吧？」

傅華知道他無法拒絕，就說：「師兄，我答應你就是啦。說吧，你準備什麼時候去見他？」

賈昊說：「他約我和于立明天下午去見他，應該是下午見面談案子的情況，然後晚上一起吃飯。怎麼樣，你有時間吧？」

傅華苦笑說：「爲了師兄，我沒時間也得有時間啊，我明天下午跟你去就是了。」

賈昊這才滿意地說：「那我就先謝謝小師弟了。誒，小師弟，你也可以向喬玉甄瞭解一下，她跟這個巴東煌究竟是怎麼一回事；還有，我們要怎麼樣才能打動巴東煌，讓他幫我們的忙。」

傅華無奈地說：「師兄，你可真是趕鴨子上架啊，你是不是還想讓我索性帶喬玉甄一起去見巴東煌啊？」

賈昊笑笑說：「如果能的話，不妨就把她帶來，反正我也認識她。」

傅華說：「那師兄爲什麼不直接去找她呢？」

賈昊打趣說：「我哪有小師弟那麼討女人喜歡呢？再說，我總覺得那個女人身上有某種令人難以捉摸的東西，讓我感覺害怕，這種女人我可不敢招惹。」

傅華趕忙說：「師兄，你別開這種玩笑了，我跟她只是朋友而已。好了，我不跟你囉嗦了，我還要打電話給她呢。」

賈昊就掛了電話，傅華就打電話給喬玉甄。

喬玉甄接了電話說：「怎麼傅華，催我請你的客嗎？」上次因爲巴東煌攪局，喬玉甄說要改天再補請傅華，是以這麼問。

傅華笑笑說：「我不是想要你請客，而是想問你件事。」

「什麼事啊？」喬玉甄問。

傅華說：「你對巴東煌瞭解嗎？」

喬玉甄有些不屑地說：「那個人挺討厭的，你問這個幹什麼？難道你有什麼事要求他幫你辦嗎？」

傅華說：「不是我的事，是我師兄賈昊的事。」

喬玉甄聽了說：「原來不是你的事啊，那你就別管了，巴東煌不是什麼好東西，儘量少沾他爲妙。」

傅華莫可奈何地說：「我也不想沾他，是我師兄求到他，他非要我師兄拖著我去見他。我想了半天，覺得我跟他之間除了你之外，根本就沒有別的牽扯，所以我猜他拖我去可能是因爲你。小喬，你說我猜得對嗎？」

喬玉甄反問說：「傅華，如果我說你猜對了，你是不是就想拖我去見他啊？」

傅華笑說：「我沒那個意思，我只是奇怪你們究竟是怎麼一回事啊？」

喬玉甄說：「這有什麼奇怪的，這個巴東煌是個色鬼，我找他辦過一次事，這傢伙就迷戀上我了，總想找機會跟我親近。外傳他對女人有一些怪癖，所以我一直對他敬而遠之，儘量不跟他接觸。」

傅華納悶的說：「那爲什麼你上次爲呂鑫接風，還非要叫上他啊？」

喬玉甄嘆說：「你以爲他是我叫去的啊？才不是呢，你沒看到是呂鑫站起來迎接他的嗎？那是呂鑫跟他說，我晚上要替他接風，他就說要來參加。呂鑫這次來北京也有事情需要他辦，不好得罪他，只好讓他來參加了。」

傅華恍然大悟說：「原來是這樣啊。誒，你說他對女人有怪癖，是什麼怪癖啊？」

喬玉甄忍不住說：「傅華，你想瞭解這個，不是要讓你師兄借此去迎合他吧？」

傅華笑說：「我只是好奇而已。」

喬玉甄說：「其實告訴你也無妨，外傳巴東煌年輕時曾經被女朋友背叛過，導致他後來對女人心理就有一些變態，因而他跟女人在一起的時候，必需要借助藥物和器具的幫助才可以。」

「真的假的？」傅華感到有些不可思議，說：「不會是那些對巴東煌有看法的人故意

捏造出來，糟蹋他的吧？」

喬玉甄笑了起來，說：「我可以肯定這個說法有幾分的真實性，你還記得那個盧天罡嗎？有一次盧天罡在我面前喝多了，說他幫巴東煌花了大錢擺平一件風流事，據說就是巴東煌藥物用多了，又用了帶有虐待性的器具，結果讓女方受到身體上的傷害，還送急診。巴東煌沒辦法，求助於盧天罡，盧天罡爲了讓這件醜聞不外洩，從醫院到相關的醫療人員以及那個女人，都給了不少的封口費。」

傅華聽了震驚不已，沒想到一副學者模樣、又是堂堂最高法院的民庭庭長，居然會做出這種沒有節操的事情來，讓他有瞠目結舌之感。

傅華氣憤地說：「真是沒想到北大會出這樣的敗類。」

喬玉甄提醒傅華說：「傅華，我跟你說的這些事，都是不能公開講的，你見了巴東煌千萬不能露出這種義憤填膺的口氣來，不然的話，你會搞得大家都很尷尬的。其實官員中像巴東煌這種表面是君子，背地裏卻是壞事幹盡的人，雖然不能說是比比皆是，卻也不是只有巴東煌一個，比他還壞的人多著呢。」

傅華嘆了口氣說：「小喬，你不用特別叮囑我，我知道官場就是一個藏汙納垢的地方，我不會因爲自己的潔癖去跟他們對著幹的，一方面我不是他們的對手，另一方面，某種程度上，我還在從他們那裏獲取好處呢。」

喬玉甄笑了，說：「對啊，傅華，你師兄還指望巴東煌能幫他解決問題呢。其實在這個社會上，要不什麼都不做，不然就只有同流合污。你想要跟這種洪流對抗，除了被他們給湮滅之外，不會有別的下場的。」

結束跟喬玉甄的通話後，傅華心裏一直很彆扭。

雖然他知道巴東煌並不能代表官場上的官員都是這樣，但是這個敗類的行徑實在太惡劣，跟他展示給公眾的形象反差太大，讓他十分忿忿不平，也很不能接受巴東煌這種人還爬到那麼高的位置上。他卻只能眼睜睜的看著，絲毫無法有所行動。

也因爲心裏彆扭，傅華就沒有馬上跟賈昊回報他從喬玉甄那裏瞭解到的情形，直到第二天賈昊打電話來追問他。

賈昊著急地問：「小師弟，你究竟從喬玉甄那裏問到巴東煌什麼情況沒有啊？」

傅華避重就輕地說：「喬玉甄也沒說什麼，只說巴東煌很黏她，讓她覺得很討厭。」

賈昊追問：「再沒說別的了嗎？」

傅華說：「沒有了。」

下午，傅華和賈昊于立一起去了最高法院，最高法院的門禁森嚴，費了好大勁，三人才進了巴東煌的庭長辦公室。

巴東煌倒是還好，沒有顯得十分倨傲，而是跟三人一一握手，神情十分平和。

傅華一直看著巴東煌的表情，心裏不僅奇怪，這樣一個看上去溫文有禮的人，背地裏怎麼會是那樣一個摧殘女人的人呢?他實在很難將兩者的形象放在一起。

巴東煌跟傅華握手時，還說：「傅主任，我們又見面了，這幾天你有沒有跟小喬聚聚啊？」

傅華說：「巴教授真是會說笑，我都跟您說了，我跟喬小姐的往來並不頻繁的。」

巴東煌卻說：「別裝了，小喬都叫上了，還說往來不頻繁?!回頭你幫我捎個話給小喬，就說什麼時間約了大家一起出來聚一聚吧，那次給呂先生接風，酒喝得並不盡興，大家應該再找時間好好喝一喝的。」

傅華只好客套地說：「行，巴教授，我會把話帶到的。」

傅華本意只是想說話我可以幫你帶到，但是喬玉甄答不答應可不關我什麼事了，沒想到巴東煌打蛇隨棍上，接著說道：「那這件事我就交給你了，如果你沒把小喬約出來，我可是不答應啊。」

傅華心裏罵了句：你答不答應關我屁事啊，卻不能不繼續敷衍下去，只好勉爲其難地說：「教授，我儘量爭取就是了。」

寒暄完，巴東煌把三人讓到沙發上，然後對賈昊說：「賈副行長，你今天算是來對了，我剛搞到一點普洱茶，品質還不錯，可以喝一喝。」

賈昊笑說：「庭長的普洱肯定差不了。」

巴東煌似乎對普洱這個話題很感興趣，說道：「賈副行長也喜歡喝普洱嗎？」

賈昊迎合地說：「喜歡啊，這種茶有很多功效，降血脂，降血壓，養胃護胃，對我們這些常年有應酬的人來說，很有好處。」

巴東煌說：「看來你對普洱還真是瞭解的不少啊，那一會兒我要看看你能不能嘗出我這個普洱是什麼檔次的。」

說話間，水開了，巴東煌手法熟練的把茶刀從茶餅側面沿邊緣一層一層的撬開，就這樣，茶餅就慢慢散開了。

賈昊說：「一看巴庭長解茶的這個架勢，就知道您是行家高手了。」

巴東煌笑笑沒說話，拿起茶壺，將解下來的茶葉放入壺中，然後注入沸水醒了兩遍茶，再將沸水注入到壺中，然後給眾人倒上了茶。

傅華一看杯中茶湯的顏色，就知道絕對是好茶。優質的普洱茶，泡出的茶湯色澤紅濃明亮，上面看起來有油珠形的膜。質次的，茶湯紅而不濃，往往還會有塵埃物質懸浮其中，有的甚至發黑發烏。再拿起茶杯一嗅，沉香濃郁，喝到嘴裏，滑順潤喉、回甘生津。

喝完後，巴東煌看了看三人，笑笑說：「怎麼樣，喝出這是什麼檔次的茶來了嗎？」

賈昊說：「我估計市面上這種茶，每斤最少也要上萬元才能買到。」

傅華聽賈昊這麼一說，不由得咋舌，市面上的茶，好的幾千塊就已經不得了了，這個居然要上萬？這是喝茶還是喝錢啊？有必要嗎？

可是傅華更沒想到的是，巴東煌居然搖搖頭說：

「賈副行長，每斤上萬還不能表達出這種茶的好處。于董，你也是走南闖北的人，見多識廣，你來給這個普洱定定位吧？」

于立趕忙搖搖手說：「我大老粗一個，只會喝不會品的。不過，既然巴庭長說每斤上萬還不夠，那就是每斤上十萬了？巴庭長，您真有品味啊。」

傅華覺得這應該符合巴東煌這個茶的價位了，哪知道巴東煌還是搖搖頭，看著傅華說：「傅主任是駐京辦搞接待出身的，想來對普洱茶應該有研究才對，你說說這是什麼價位的茶啊？」

傅華這時候才明白巴東煌泡茶給他們喝，不單是因爲茶好，還有一種炫耀的意味在其中，看來這茶一定是貴得嚇死人了。

傅華覺得巴東煌十分膚淺，真正有水準的富豪作風都是很低調的，只有像于立那種煤老闆一樣的暴發戶才會故意向別人炫耀他用的東西是多麼昂貴，哪知道這傢伙比于立還像暴發戶。

傅華不想去迎合巴東煌這種炫耀的心理，就笑笑說：「庭長真是說錯了，實際上我喝過的普洱還沒有一斤上千的，這茶喝起來是不錯，但是跟我喝的那種也沒什麼太大的差別。」

「什麼，沒什麼太大的差別？」巴東煌很不屑地說：「你究竟懂不懂喝普洱啊，你要知道我這茶可是一兩五十萬拍賣回來的。」

「一兩五十萬？」于立眼睛瞪大了，驚訝的叫了出來，顯然就是他這種暴發戶對巴東煌這種豪奢也感覺十分震驚。

巴東煌想要的就是這種效果，他拍了拍于立的肩膀說：「于董啊，你不需要驚訝到這個程度吧？你們煤老闆不是有出手更大方的嗎？」

于立趕忙搖搖頭說：「我們可沒有像您這麼玩的，我們頂多買個車買個房的，一兩五十萬的茶葉我們不是買不起，只是五十萬，幾杯水就喝沒了，這也實在是太誇張了。」

賈昊開玩笑說：「巴庭長這應該玩的就是心跳吧？」

巴東煌說：「我不是玩心跳，我是喜歡這種茶的風味。」

傅華心裏暗自搖頭，虧這個巴東煌還是北大出來的高級知識分子，怎麼一點韜光養晦的道理都不懂啊？你這麼炫耀，不等於在告訴別人你行爲不檢，有受賄行爲嗎？

傅華倒不是沒見過得意忘形的那種官員，但是像巴東煌這種得意忘形到這種程度的，他還真是第一次遇到。

巴東煌又給壺裏注滿了水，然後給三人的杯中倒上茶，這才對于立說：「于董，說說你的案子吧，究竟是怎麼回事啊？」

于立講了案件的來龍去脈，然後說：「巴庭長，我現在需要把東海省高院的調解書給撤銷掉，不然的話，我投進去的錢可就一點也拿不回來了。您這裏是最高法院，可不可以下個命令給東海省高院，讓他們把調解書給撤銷了啊？」

巴東煌笑了笑說：「于董，一看就知道你不懂法院的程序，你以爲法院是行政部門啊，可以直接下命令撤銷下級法院的裁判結果嗎？」

于立愣了一下，說：「難道不可以嗎？」

賈昊多少懂一些這方面的知識，就說：「老于，你不懂，法院自有他們的一套程序，裁判權是獨立的，上級法院是不可以下行政命令直接撤銷下級法院的裁判結果的。」

于立著急地說：「那下級法院判錯了怎麼辦？難道說最高法院也沒有這個權力直接糾正下級法院的錯誤裁判嗎？」

巴東煌說：「當然是不行了，上級法院如果發現下級法院辦案確實有誤，只能透過一定的程序指出他們存在的錯誤，然後要求他們自行糾正。」

「那怎麼行啊！巴庭長，」于立急了，道：「東海省高院是受到東海省高層領導的干預才出現這個結果的，想要他們自行撤銷這個調解協議，根本是不可能的。」

賈昊在一旁說：「是啊，巴庭長，讓他們自行糾正的可能性基本上是等於零，請問還有沒有別的辦法？比方說，將這個案子調到最高法院來審理，將案子移出東海省，就可以不再受東海省的影響。」

巴東煌聽了說：「理論上是可以的，你們如果認爲已經生效的調解書存在明顯違背法律的情況，是可以向原審法院或者上級法院提出申訴的。這個案子的原審法院是東海省高院，你們可以向最高人民法院提出申訴。」

于立臉上終於有了喜色，說：「那就好辦了，巴庭長，就麻煩您幫我們啓動這個申訴程序吧，您放心，如果這案子您能幫我翻案，我一定會好好報答您的。」

巴東煌卻搖搖頭說：「于董，恐怕這個忙我不能幫你啊。」

賈昊愣了一下，說：「爲什麼？巴庭長，您放心，老于這個人很仗義，絕不會虧待幫忙的人的。」

巴東煌說：「賈副行長，你誤會我的意思了，我不是不想幫你們，而是這個忙我不能幫。你也是領導幹部，應該知道法院系統有一個錯案追究制度吧？」

賈昊點點頭說：「我知道有這個制度，這不正好嗎？依據這個制度追究相關的責任人。這個案子，東海省高院辦得也實在太離譜了，是應該追究一下責任人的。」

巴東煌笑了起來，說：「你誤會我的意思了。我是說，正是因爲存在這個追究制度，最高法院才不好插手處理這個案子。」

于立納悶的說：「爲什麼啊？錯案追究制度不就是爲了避免產生錯案才制訂的嗎？」

巴東煌笑笑說：「制度的本意是這樣的，但是實際運用當中產生的效果卻不一定是這樣。你們要知道，如果產生一件錯案，審理這個案件的法院從分管的副院長到直接辦案人都會被處分，同時還關係到他們的考核成績，所以認定一件錯案會影響到很多人，最高院如果這麼做，下級法院會很有意見的。」

于立質疑說：「難道你們最高法院還會怕下級法院不高興？」

巴東煌婉轉地說：「也不能說是怕，而是雙方需要相互支持才行的，這也算是一種潛規則吧。其實不僅僅法院是這麼做，很多部門也是這麼做的啊。舉個例子，你們知道公安部門很多時候爲什麼不肯接到報案就立案嗎？不就是因爲立了案如果破不了，就會影響到單位和案件負責人的考核成績嗎？這一點，于董可能不明白，但是賈副行長和傅主任應該很清楚吧？」

賈昊和傅華都點了點頭，他們知道巴東煌說的是事實。傅華對此更是深有體會，當初他因爲買地被騙，公安部門也是找盡理由不肯立案的。

誠然這些制度制定的本意是好的，制定者是想通過這些制度，讓責任人依法行事。但在實際運用中產生的效果卻是適得其反，爲了規避被追責，有些幹部就使用一些上不了臺面的辦法來保護自己。公安不立案就是其中一種，巴東煌現在說的最高法院不願意接下于立的申訴，也是如此。

這也正是官場中常出現的「上有政策，下有對策」的表現，就像法院每到十二月就不肯接受新的立案請求，總是要求立案的當事人拖到第二年的一月再來提出一樣，原因也是怕降低了破案率，從而影響到單位的考核成績。

賈昊看了看巴東煌，說：「那巴庭長的意思是，這個案件只能在東海省法院解決了？」

巴東煌笑笑說：「也不是，只是最好還是能在東海省高院解決，這樣最高法院和省高院之間關係也好處一點。我看這樣子吧，既然你們找到我，我就幫你們跟東海省高院協調一下，看看能不能找個辦法，把這個問題解決掉。」

于立有些不敢置信地說：「巴庭長，這能行嗎？」

巴東煌反問：「你不相信我？」

于立還想說什麼，卻被賈昊拉了一下胳膊，阻止了他，接過話說：「巴庭長，那您就費心了，需要我們這邊做什麼配合工作，您只管說，我們一定會全力配合的。」

巴東煌滿意地說：「行啊，案號我已經記下了，我會跟東海省高院儘快協調一下，那今天是不是就這樣？」

賈昊笑笑說：「那我們就等您的好消息了。誒，到了吃晚飯的時間，巴庭長，我們一起去吃個飯吧？」

巴東煌拒絕了：「算了吧，賈副行長，事情我會盡力幫忙的，吃飯就沒必要了。」

于立趕忙說：「巴庭長，我可是已經在『大董』訂好位了，老板說今天的阿拉斯加帝王蟹很不錯，我們一起去嘗嘗吧。」

巴東煌假意推辭說：「還是不要了吧。」

賈昊在一旁敲邊鼓說：「巴庭長，您就給個面子吧，『大董』的位子可不好訂的，去吧。」

巴東煌這才答應下來，一行人就去了「大董」烤鴨店。

「大董」算是北京餐飲界的一個時尚風向標，菜色創意不斷，得獎無數，尤其是主廚不時推出的創意菜，很得到中外老饕們的一致好評。

到了店裏，明清皇宮窗欞演變而來的牆壁，做工經典考究，尤其是餐椅上明亮的黃色中國結，成爲當中的點睛之筆。這裏的消費水準也所費不貲，算是北京的高檔餐廳之一。

前菜是一道桂花糖藕配鵝肝。豐腴的鵝肝在桂花糖藕的搭配下，味道香滑迷人，兩片嫩嫩的小荷葉更給菜品增添了清新脫俗的氣息。

巴東煌稱讚說：「我最喜歡大董做的鵝肝口味了，吃到嘴裏有一種巧克力的香滑感。」

顯然巴東煌對這裏很熟，看樣子是常來。

于立說：「巴庭長喜歡就好，來，我們開始吧。」

過了一會兒，大董的招牌菜之一「燒海參」上來了，經過獨門秘法燒製的海參，突出蔥香與海參的濃香。入口一嘗，蔥香濃郁，口味醇厚香美，十分入味，加上海參醇厚鮮美，軟糯又彈牙，嘆爲絕品。

更爲稱絕的是菜的擺盤，簡潔卻又詩意盎然。海參如松樹幹一樣蒼勁而秀美，呈現出橫眉群山千秋雪，笑吟長空萬里風的鐵骨傲氣，簡直就如一道藝術品，讓眾吃客們吃得是讚不絕口。

喝的是茅臺，賈昊和于立的目標都鎖定巴東煌，先後敬了巴東煌幾杯，傅華不好不湊趣，也敬了巴東煌一杯，酒桌上的氣氛就熱絡了起來。

于立看巴東煌很高興也有些微醺的樣子，就趁機試探說：「巴庭長，我們私下說，您有沒有什麼辦法幫我把東海這個案子給解決了啊？這對我來說可是上億的損失，如果您能幫我解決的話，我一定會厚謝的。」

巴東煌掃了于立一眼，然後說：「于董，我這個人有個規矩，那就是喝酒不談事，現在大家吃喝都挺高興的，希望你不要掃興。」

于立尷尬的笑了笑說：「是我不好，不該在這個時候談什麼事情的。」

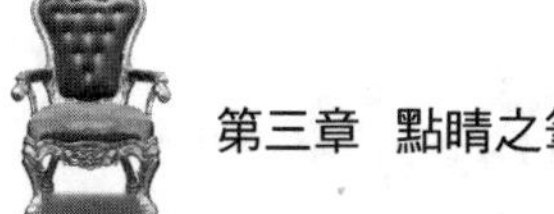

這時，另一道招牌主菜「花雕蒸芙蓉帝王蟹」被送了上來，于立趁機說：「來，嘗嘗這個帝王蟹，這個可是從美國阿拉斯加空運來的。」

阿拉斯加帝王蟹長期生活在冰冷的深海裏，蟹爪極長，個體巨大，名副其實帝王蟹。花雕用的是三十年的陳釀，醇厚香冽。帝王蟹已經被拆解開，煮在紅色的湯裏面，紅色的蟹蓋和蟹爪看上去極爲豔麗，輕輕剝離，把蟹鉗蟹夾中絲絲雪白的蟹肉給挑出，放在嘴裏細細品味，真是甘甜肥美豐腴。

借著這道美味的帝王蟹，于立才將尷尬給化解過去。剩下的時間裏，他就沒再提案子的事了。

這一餐吃得真是色香味俱全，結束時，傅華還有意猶未盡的感覺，但他還是第一個站起來先離席，因爲他看出賈昊和于立絕對不會吃完飯就結束今晚的活動，肯定會安排別的節目招待巴東煌。

這些深夜的節目，傅華一來不喜歡，二來也覺得他在旁邊，賈昊和巴東煌可能會玩得不盡興，因而識趣地推說家裏還有小孩要幫忙照料，所以要先離席。

賈昊和于立估計也不想留下傅華礙事，巴東煌對此則是無可無不可，因此三人假意挽留了一下，見傅華十分堅持，就把他放行了。

第二天臨近中午，傅華接到賈昊的電話。

賈昊開口就責問說：「小師弟，你昨晚跑那麼急，是不是早就知道巴東煌有些怪癖啊？」

傅華猜想昨晚該不會巴東煌又惹出什麼事來了，所以賈昊才會這麼問他。他不好說他早就知道了，裝糊塗說：「怎麼了？我昨天先走是因爲我真的需要早點回家，你也知道我跟小莉剛和好不久，哪敢在外面玩太久啊！再惹小莉生氣，我可真要吃不了兜著走了。」

賈昊質疑說：「你真的不是刻意躲開的嗎？」

傅華趕忙說：「當然不是了，師兄，究竟怎麼回事啊？」

賈昊發牢騷說：「昨晚巴東煌差點惹出事來，你離開後，我和于立就帶巴東煌去了一家高檔會所。在那裏，巴東煌看上了一個小姐，開了房間，結果兩人進房間不一會兒，小姐就跟巴東煌打了起來，說巴東煌變態，虐待她。巴東煌卻反咬說小姐沒能好好的爲他提供服務，非要找會所老闆理論。幸好我和于立聽到了吵鬧聲，出來看到這個情形，我讓于立趕忙拿錢把事情擺平了，否則這事真要鬧大起來，後果不堪設想。」

「不會吧，師兄，巴東煌居然會這樣？他也太那個了吧？」傅華沒想到巴東煌居然會這麼不知檢點。

賈昊說：「我也很意外，沒想到巴東煌居然會這麼失格。」

傅華嘆說：「實話說，我也對他的一些做事風格感到很不能認同，就像昨天他拿那個普洱炫耀，這哪像一個官員應該做的事啊？倒讓人覺得他有點像個暴發戶，就跟于立一樣。」

賈昊笑說：「他倆是有點像。」

傅華勸說：「師兄，我覺得你是不是離他遠一點，跟他保持一下距離，巴東煌這麼下去，很難不出事的。」

賈昊不以爲意地說：「小師弟，你別那麼敏感，哪有那麼容易就會出事的。我跟你說，能爬到巴東煌這個位置的人，身後都是有人在罩著的，要動他必須要動得了他身後的人才行，所以你把心放肚子裏吧，一時半會兒他還不會出事的。而且我聽消息人士說，最近巴東煌很可能會再往上一個臺階的。」

「什麼？」傅華詫異的說：「他這麼放肆還可以往上升？組織部門豈不是瞎了眼了？」

賈昊笑笑說：「這有什麼不可能的？你知道政壇上有多少人是被帶病提拔的啊？巴東煌要被提拔這個消息很確切，不信你等著看吧，很快就會公佈的。」

傅華大嘆道：「我真是無語了。」

賈昊笑說：「行了，小師弟，你不要總是這樣一副正人君子的樣子，政壇本來就是這樣的。」

傅華不敢苟同地說：「政壇什麼樣我知道，只是像巴東煌這種人居然能不受懲罰還往上升，簡直太荒謬了。」

賈昊一副理所當然的口氣說：「這世界本來就是荒謬的嘛，好了，我不跟你說了，于立今天還跟我約了要商量事情呢。」

傅華突然說：「你們不會是因爲知道巴東煌有那個怪癖，想要商量辦法去討好他吧？」

賈昊身不由己地說：「小師弟，巴東煌這種做法我心裏也很討厭，但是沒辦法，我和于立現在需要他的幫忙才行，所以有些事我還是必須要去做。」

傅華忍不住說：「師兄，看來你捲進于立的事情很深啊，按說這一億多對于立應該不算什麼啊，你們有必要緊張到這種程度嗎？」

傅華心中早有這個疑問了，他見到的于立總是一副財大氣粗的樣子，賈昊又幫他在銀行裏運作了藝術品投資基金之類的東西，怎麼說也不該缺這一億資金的。

賈昊說：「小師弟，按說你不該說這種外行話的，誠然一億的資金對于立不算什麼，但是他的資產很多都是無法流動的，這一億的資金很可能造成他公司的資金鏈斷裂，那他的公司就會因此產生很大的麻煩，這必然會影響到他在我們銀行運作的一些資金項目，連帶的也會影響到我。我這麼說，你明白了嗎？」

傅華明白賈昊的意思了，于立這一億資金拿不回來的話，很可能會產生骨牌效應，于立的公司也會跟著倒下。賈昊現在是深陷其中，抽身不得，所以只好跟于立一起勾兌，爲自己找出一條生路出來。

傅華感覺現在的賈昊很悲哀，爲了求生，不得不走上一條更危險的道路。像巴東煌這種人是不可能永遠在政壇上呼風喚雨的，他的罪行總會被發現或是揭露的一天，到那時候，恐怕賈昊也會跟著倒楣的。

傅華心裏暗自嘆了口氣，他不是什麼救世主，沒有能力去拯救誰，只能跟賈昊各顧各的前程。於是說：「我明白你的意思了，師兄，好了，你去忙你的吧。」

下午，喬玉甄打電話來，問傅華跟巴東煌見面見的怎麼樣。

傅華說：「也沒怎麼樣，在巴東煌那裏喝了一壺貴得令人不敢相信的茶，然後去吃了頓大餐，吃完飯我就先跑掉了。」

喬玉甄笑說：「他也給你們喝了那一兩五十萬的茶了？」

傅華笑笑說：「是啊，這麼說你也喝過了？」

喬玉甄說：「是啊，巴東煌對那種極品普洱有著特殊的癡迷，很喜歡向人展示他在這方面的獨到之處。」

傅華不禁說：「那個茶也貴得太誇張了，我也沒覺得特別的好喝。巴東煌拿這個作炫耀，真是有點莫名其妙。」

喬玉甄聽了說：「怎麼會是莫名其妙呢？巴東煌這麼做是有目的的，一方面向人顯示他身分的高貴，另一方面也是在發出一種暗示。」

「暗示？」傅華詫異地道：「什麼暗示啊？」

喬玉甄笑說：「這你還不明白嗎？五十萬一兩的茶他買得起嗎？他買不起卻還要擺這個譜，你說他要怎麼樣才能做到這一點呢？」

傅華立時明白巴東煌這麼做的含義了，便說：「你是說，他是在暗示別人送他這種茶？」

喬玉甄說：「應該是吧，巴東煌這個人很講究生活品質，吃的用的都極為昂貴，如果別人不送他，他憑什麼享受這些奢華的東西啊？」

傅華大嘆說：「這個巴教授真是讓我大跌眼鏡啊，他總是北大出來的知名學者，但是所作所為可真是讓人不敢恭維啊，真是丟我們北大人的臉。」

喬玉甄見怪不怪地說：「不要把知名學者看得那麼高貴，這些人在入仕前，很多都是窮酸寒儒一個，本身並沒有什麼氣節的，驟然權力在手，制度上對他們又沒有太多的監督，所以往往會忘乎所以。他們玩出來的花樣，真是會讓你瞠目結舌的。」

傅華說：「這個巴東煌已經夠讓我瞠目結舌了。我師兄說，昨晚我走後，他差一點就要鬧出事來，居然在一個高級會所裏跟小姐打了起來，他也不嫌丟人。」

喬玉甄笑了起來，說：「除了照鏡子之外，人都是看不到自己的醜態的。」

傅華笑說：「那倒是。誒，小喬啊，怎麼我聽我師兄說，巴東煌居然還要往上升遷？」

喬玉甄證實說：「這是真的，這個消息我也聽到了。你要知道，巴東煌再怎麼荒唐，他的專業水準還是有的，他在民法界是很有權威的學者，國家現在正提倡幹部年輕化、知識化，這兩條巴東煌都具備。高層也有領導很賞識他，所以準備讓他再上一個臺階。」

傅華搖頭嘆道說：「可是這種人的道德水準很差，讓他上一個臺階，對幹部形象會有很惡劣的影響的。」

喬玉甄笑說：「道德這種東西又沒有明確的辦法去考量，高層想要的是他在民法界的名望，借他來裝點門面的。」

「居然用這種荒唐的人來裝點門面，真是滑稽啊。」傅華面對這種怪象，也只有徒呼奈何了。

# 第四章

# 行賄買官

孫守義臉色沉了下來，他從袋子的大小厚度上可以猜出來，
袋裏裝的肯定是一疊疊的大鈔，周正南居然想來行賄他，好進常委。
孫守義厲聲呵斥道：「周正南，你是想買官嗎？你把我孫守義當什麼人了？」

海川市，市政府辦公大樓，孫守義辦公室。

孫守義正在聽何飛軍彙報工業方面的情況。孫守義聽得很認真，何飛軍是他推上分管工業這個重要的崗位，心中自然很擔心何飛軍能不能勝任這個重擔。

聽了一會兒，孫守義的心慢慢的放了下來，何飛軍講的挺有條理。

其實到了副市級這個層次，何飛軍就算以前沒負責過這麼重要的工作，多少也會對這方面的工作有所瞭解。正所謂沒吃過豬肉也見過豬跑，為他擔心真是有點多餘了。

何飛軍彙報完，孫守義便說：「不錯啊，老何，你工作做得挺好的。」

何飛軍高興地說：「市長覺得不錯就好，實話說，我還真擔心不能達到您的滿意度呢。」

孫守義說：「是不是分管了工業這一塊，你感覺壓力很大啊？」

何飛軍老實的點點頭說：「海川在東海省算是工業大市，成績有目共睹，市長您把這麼重要的擔子壓在我的肩上，我真的很擔心做不好，辜負了您對我的期望。」

孫守義鼓勵他說：「老何，工作固然要做好，但是也不要給自己太大的壓力，我對你的要求其實並不高，只要能夠穩住既有的成績，不出大差錯，我就很滿意了。所以放輕鬆，別讓自己有那麼重的心理負擔。」

何飛軍聽了說：「市長，您這是給我寬心啊，不過，我覺得還是應該保持這種戒懼戒慎的心態比較好，小心行得萬年船，起碼這樣子我能避免犯些不必要的錯誤。」

孫守義欣賞地說：「你能這麼想很好，老何，好好幹，我相信你一定能把工業管得很好的。行了，老何，你回去吧，我一會兒還約了金書記談事呢。」

何飛軍便說：「那行，我走了，市長。」

何飛軍離開後，孫守義就去了金達的辦公室。他約了金達，想談他準備在海川市發展花卉種植的事。

金達看到孫守義來，招呼說：「先坐，老孫。你等一下，我看完這份文件就好。」

孫守義便去沙發上坐了下來，閒聊說：「金書記，您知道我來之前，跟誰談話了？」

「誰啊？」金達問。

孫守義說：「我剛跟何飛軍談了一會兒話，聽起來他對現在負責的工業這一塊還算勝任，看來人果然是需要壓點擔子才行。」

金達聽了說：「是啊，人的潛力有時候是需要有點壓力才能激發出來的。這個何飛軍也並不是能力差到哪裡去，只是以前沒得到機會罷了。」

金達接著說道：「不過老孫，對何飛軍這個人，你心裏要有點數才行，我覺得這個人不像外表看上去那麼老實，你用他的同時，也要對他加以約束才行。」

孫守義心裏不太贊同金達的說法，他看到何飛軍一直都是很本分很老實的，金達卻說何飛軍還有另外一面，顯然不符合事實。會不會金達是因為何飛軍是在他手裏用起來的，心中就對他有所不滿啊？

孫守義無意爲此跟金達爭執，便笑笑說：「我知道了，我會對他多注意的。」

金達這時放下了手中的公文，問道：「老孫，你不是說要跟我談你在農業方面的一些構想嗎？說吧，你想到什麼了？」

孫守義說：「是這樣的，我們海川一直以來都是工業強、農業相對較弱，我想改變一下海川農業落後的局面，前段時間，我從農業部搞了一些項目來，但是這些項目好像在海川有點水土不服，並沒有給農民帶來什麼效益。」

金達聽了說：「我覺得倒也不是水土不服，只是要形成一定的規模需要時間。你把這些項目帶到海川的時間都還不長，想立刻見到效益是不容易的。」

孫守義說：「可能也有這方面的因素吧。不過，總體上看，這些項目給人的感覺總是不那麼接地氣。我就在想，最好能夠找一個在海川因地制宜的項目，這次回北京，在農業部跟舊同事聊天的時候，他無意中的一句話提醒了我。」

金達好奇地說：「什麼話啊？」

孫守義說：「他說我不要把目光只局限於小麥、玉米之類的種植上，農業的範疇很廣泛，中藥、花卉這類的種植也算是農業的範疇內。我聽到他講花卉，立時就想到了一個地方……」

「你想到了雲山縣的高水鎮是吧？」金達聽到這裏，插話說。

孫守義笑說：「看來您跟我想到一塊去了，我想到的正是雲山縣高水鎮，我去雲山縣的時候，孫濤領我去看過那裏的花卉種植，真是很成個樣子啊。」

金達點點頭說：「是啊，那裏的花卉種植算是很成熟的一個產業了，高水鎮上，幾乎家家都在搞花卉種植，不少戶因此發家。孫濤在雲山縣做縣委書記時，對花卉產業也很重視，推出不少扶持措施，對雲山縣的花卉種植發展起了很大的推動作用。」

孫守義說：「就是這樣，我不得不承認孫濤這一點做的很正確，所以我就在想，能不能把這個經驗在海川市的一些農業區域加以推廣，借助雲山縣現有的基礎和資源，讓花卉種植在海川形成一個規模性產業，讓那些本來收入微薄的農民們因此受益。」

金達點點頭，笑說：「老孫，你這個設想很好啊。花卉種植是個很有前景的朝陽產業，高水鎮的經驗也證明這個項目很適合海川。我贊同你的意見，這應該是一個很接地氣，很有發展的項目，可以試著在海川市加以推廣。」

孫守義接著說道：「那我們是英雄所見略同了。下一步，就是看怎麼去實現這個構想了。我的初步設想是先找人把雲山縣高水鎮發展花卉種植業成功的經驗總結一下，看他們都做了什麼才獲得成功的，然後在得出的經驗上，在海川市的農業區域全面推廣。」

金達同意說：「老孫，你這麼想很正確，我們不能盲目的去做，應該先有一套策略才對，這樣能避免我們走很多的冤枉路。那你覺得找誰來做這個總結的工作比較好呢？」

孫守義故意說：「您在海川市時間比我久，對海川市的幹部比我熟悉，您覺得什麼人來做這項工作比較合適呢？」

金達說：「我倒是想到了一個人，他對高水鎮的花卉種植產業發展很熟悉，做這項工作再合適不過了，不過，我怕你對他有看法，不一定會願意用他。」

孫守義看了看金達，說：「讓我大膽的猜一下吧，您說的是孫濤，對吧？」

「其實除了選舉那件事孫濤犯了糊塗，其他方面的工作，他做得是很不錯的，他又很熟悉高水鎮的情況……」金達試圖幫孫濤說好話。

「金書記，您不用說下去了，」孫守義笑笑說：「我並不反對用他來做這件事。我覺得讓他去政協已經算是給他一個教訓了，他應該吃一塹長一智的。」

金達有些意外地說：「老孫，你這說的不是反話吧？」

孫守義笑笑說：「書記，我什麼時候在您面前說過反話啊？其實我覺得他當初是被某些別有用心的人給利用了，只能說他政治上比較幼稚，我也不想將他一棍子打死，想給他一次改過的機會，就看他這次的表現了。」

「那你想讓他怎麼表現？」金達不禁問道。

孫守義想了想說：「您看是不是這樣，市裏面先設立一個臨時的工作小組，任務就是總結高水鎮的花卉種植經驗，把孫濤從政協調出來負責這個小組。孫濤如果這個工作幹得出色，我們就在這個臨時小組的基礎上，成立海川花卉種植推廣工作小組，我可以牽頭做這個組長，不過依舊讓孫濤負責這個工作，也算是讓他人盡其才吧。」

金達點點頭說：「老孫，想不到你還挺大度的。你這麼設想，我看孫濤倒是因禍得福了。」

確實是，如果孫守義這個花卉推廣種植在海川得以實施，那這將是今後海川市農業工作的重中之重，孫濤負責這項工作，權力可比作雲山縣縣委書記的時候還大；而且一旦做出成績，將來論功行賞，孫濤作爲負責人之一，也必然會得到一定的好處，因此金達說他因禍得福的確不無道理。

孫守義笑笑說：「您這麼說，是贊同我的設想了？」

金達點點頭說：「是的，我贊同，只希望孫濤能理解你對他的這番苦心，認真的搞好這次安排給他的工作，別再從中搗亂才好。」

孫守義自認爲已經收服了孫濤，因此並不擔心孫濤從中搗亂，便說：「我們這是在給他機會，如果他再不醒醒腦子，這個人就無可救藥了，那就再把他扔到政協去養老好了。」

金達笑笑說：「這倒也是。」

孫守義說：「那我回去就著手開始落實這件事了。」

金達點點頭說：「好啊。不過開始前，你最好把你的意思跟孫濤當面談一下，讓他知道你的用心，這樣可能會更好一些。」

孫守義想了想說：「雙方溝通一下也好，也避免再有什麼衝突。行，我這就先約他來我辦公室談一下，把意思轉達給他，我想他會知道自己該怎麼做的。」

孫守義之所以沒有把他跟孫濤早就溝通好的情況告訴金達，是不想讓金達覺得他是什麼都安排好了才跟他溝通，而讓金達心生芥蒂。現在這樣，看上去像是他們兩人共同的主意，對金達來說，也會更容易接受。

回到辦公室，孫守義就把孫濤找了來，對孫濤說：「我剛才跟金書記商量了，金書記同意設立一個臨時工作小組，金書記和我都認為由你來負責這個小組的工作很合適，不知道你願不願意接受這項工作啊？」

孫濤求之不得地說：「市長，我當然很願意接受這項工作，只是這是個臨時性的工作，這項工作完成後，我會不會仍然得回政協啊？」

孫守義故意說：「怎麼，學會跟我討價還價啦？」

孫濤趕忙說：「不是的，市長，您就是仍然讓我回政協，我也會做好這項工作的。」

孫守義笑說：「好了，別言不由衷了，你當我不知道你在想什麼嗎？你放心好了，我做事一向是有始有終，既然要重新啓用你，就不會還把你打發回政協的。我和金書記是這樣子想的，臨時小組如果工作完成出色的話，下一步就要在全市推廣高水鎮的經驗，那時候就會成立花卉種植推廣小組，我會兼任組長，具體工作就由你來負責。孫濤，不知道市裏面這麼安排，你滿意嗎？」

孫濤笑著點點頭說：「當然滿意了，還是市領導英明，安排的這麼周到。」

孫守義說：「你先別急著高興，你要知道，這個工作可是一環銜著一環，如果你總結工作做得不好，就不會有接下來的項目推廣小組，自然你就還是得回政協去了。所以你要明白，你的未來完全都掌握在自己手裏。」

孫濤點點頭說：「市長，您放心，這裏面的利害關係我心中有數，我不會拿自己的前途開玩笑的。」

孫守義說：「既然你明白，我也不跟你廢話了，回頭我就會召開市政府的常務會議研究這件事，這個項目就算是正式啓動了，你就回去等市政府方面的借調通知吧。」

孫濤點點頭說：「謝謝市長給我這個機會。」

孫守義說：「這筆賬你不要都算在我頭上，沒有金達書記的同意，我也不會起用你的，你要感謝的話，還要感謝一下金達書記。」

孫濤巴結地說：「金書記我也要感謝，不過我心裏明白促成這件事的正主是誰的。」

孫守義對孫濤這麼說很滿意，他可以感受到孫濤已經死心塌地的幫他辦事了，就笑笑說：「你明白就好。不過，有些事算是我們的秘密，你千萬不要再對第三個人說，傳出去對你並不好，這你應該明白吧。」

孫濤立即拍拍胸脯說：「我明白，市長您這是爲了我好。」

孫守義笑笑說：「那就沒事了，你回去等通知吧。」

海川市委，金達辦公室。

孫守義剛離開一會兒，曲志霞就敲門走了進來。

金達看了看曲志霞，說：「曲副市長，找我有事啊？」

曲志霞跟金達早年是省政府的同事，當時處得還不錯，原本當初呂紀安排曲志霞過來做常務副市長，就是有讓曲志霞過來輔助金達的意思。

但是曲志霞來海川後，不知道是什麼原因，並沒有表現的太靠近金達，某些地方也在跟金達保持距離。於是這兩個本來應該合作無間的人，結果反而很疏離。

這也讓金達心中對曲志霞難免有了看法，他覺得曲志霞可能是不願意屈居他之下。早在做同事時，金達就知道曲志霞是個很要強的女人，喜歡處處爭先，她在財政廳做到副廳長，在仕途上的表現比他亮眼，現在情勢倒轉，反而來海川做他的下屬，這個女人心中一

定是不服氣。

今天曲志霞竟然找上門來了，讓金達多少有些意外。

曲志霞坐到金達對面，笑笑說：「金書記，我們曾經做過同事，難道說沒事我就不能來您這兒坐坐了嗎？」

金達瞅了曲志霞一眼，心說：你來海川市也有一段時間了，要跟我敘舊，早就該來了吧。

金達也不去戳破她，只是說：「當然能啊，老同事要來坐坐，我無上歡迎啊。」

曲志霞笑笑說：「那就好。誒，金書記啊，您是不是有些日子沒回齊州了，您不怕嫂子在家裏會寂寞嗎？工作要做，家庭也不能完全放在一邊不管啊。」

金達無奈地說：「我是想回去，可是我剛接任市委書記，千頭萬緒的，怎麼走得開啊？」

曲志霞聽了說：「您這樣是不行的。我們做領導的都應該明白，工作是永遠做不完的，總有事情等著你去處理，您要學著放下，適當的讓自己停下來。要不然哪有時間去照顧家庭啊。」

金達笑說：「你說得倒也是。」

曲志霞看了看金達，說：「那您最近準備什麼時候回齊州啊？我們倆搭個伴一起回去吧，我也有些天沒回家了。」

金達有些搞不清楚曲志霞究竟是什麼意圖，他和曲志霞做同事的時間雖然並不短，但是兩家的來往並不多，兩家的家屬也就是認識對方而已，互相之間並不熟，因此也還沒到這種結伴回去的程度。曲志霞這是想幹什麼啊？

金達看到曲志霞眼中有一種期盼，似乎很希望能跟他一起回齊州，難道她有什麼事情需要他回齊州安排？或是曲志霞真的只是想要有人陪她一起回去？

金達便說：「老同事啊，你如果有事就說，別跟我兜圈子好不好？」

曲志霞還想掩飾，說：「沒事，我就是想跟你作伴一起回齊州，從海川回齊州要四五個小時，一個人回去很悶，有人作伴說說話不好嗎？」

金達卻注意到曲志霞的眼神有些躲閃，越發不相信曲志霞只是缺人作伴而已，就說：「真的沒事嗎？你可不要到了齊州再來跟我說有事，到時候可別說我不理你啊。」

曲志霞這才不得不說：「好了好了，金書記，我承認有事還不行嗎？」

金達笑笑說：「說吧，什麼事啊？」

曲志霞有些靦腆地說：「事情我是可以說給您聽，不過先說好了，不論我說什麼，您都不准惱我啊。」

曲志霞雖然是女強人，卻沒忘記利用女性的優勢，使出撒嬌這個武器。金達心裏有些彆扭，感覺她要說的事並不是什麼好事。

金達說：「你就說吧，我不惱就是了。」

曲志霞笑笑說：「是這樣，您應該知道市裏面要將氮肥廠整體搬遷這件事吧？」

金達點點頭說：「我知道，老孫跟我說過。你提這件事幹嘛啊？這是市政府在管理的，你有什麼想法該跟老孫商量，而不是來找我。」

金達擔心曲志霞是因爲在這件事上跟孫守義產生了分歧，想要他幫她撐腰，於是先把話給堵回去。

曲志霞立刻說：「您別急啊，我要說的不是工廠搬遷的事，而是氮肥廠搬遷後騰出來那塊地的事。現在齊州有一家公司想要參與這個地塊的開發，他們原來幫財政廳做過工程，品質信譽方面都很靠得住，就想跟您接觸一下。」

原來繞了半天，這個女人是想從他這裏拿工程啊。金達一向最討厭這種想通過私下交情拿工程的，並且，氮肥廠這塊地孫守義跟他討論過，他同意孫守義把這個項目留給海川本地的企業開發，基本上已經確認要留給束濤的城邑集團去做了。

金達不想太讓曲志霞下不來台，另一方面，他也不好說項目已經內定給某個企業了，便想把事情推給孫守義。便笑笑說：「土地開發招標這種事是政府的管轄範圍，你爲什麼不去跟老孫說啊？」

曲志霞愣了一下，她感覺到金達和孫守義都把這件事往對方身上推，難道這兩人對這塊土地的開發已經有了某種默契了？

曲志霞就說：「這件事我不是沒跟孫市長說過，不過他說恐怕要您來決定，現在您又說要我去找他，您跟我說句實話，是不是你們心中已經有了內定的公司了？」

金達心中就有些納悶，如果曲志霞跟孫守義提過這件事，那孫守義起碼應該跟他提一下才對，為什麼孫守義在他面前連提都沒提呢？

金達不知道的是，孫守義本來是準備跟他說這件事的，但是因為孫濤的事情一鬧，加上他又把視線轉向了雲山縣的花卉種植，氮肥廠這塊地的事就被他給忘到腦後去了。

金達自然不能在曲志霞面前說他和孫守義已經決定將項目內定給城邑集團了，這畢竟是違規的，就笑笑說：「我和老孫當然沒有做這種事了。不過老同事啊，我一向反對領導幹部插手這種工程項目的競標。如果你說的這家公司實力夠強，那就讓他們憑實力來參加競標吧。至於說他們要見我，我看就算了吧。」

曲志霞還有些不甘心，說：「金書記，見見面也沒什麼的。」

金達嚴詞說：「老同事，你可以在海川問一下，我金達什麼時候幹過私下接觸開發商這種事情來的？好了，你不要再跟我說什麼見面的事了，他們有這個實力就來參加競標，沒這個實力就放棄好了。」

曲志霞看金達神情有幾分慍怒，便知道不宜再說下去了，只好說：「行，我會把您的意思轉達給他們的。」

曲志霞見再留下去沒什麼意思，就告辭離開了。

等了一會兒，金達抓起電話打給孫守義，責備他說：「老孫，你這樣不好吧？」

孫守義被金達說愣了，問說：「怎麼了，是不是什麼事情我做錯了。」

金達不悅地說：「是沒有做錯那麼嚴重，只是你不好回絕曲志霞，就把事情都往我身上推，讓她來找我，這就有點不夠意思了吧？」

孫守義趕忙解釋說：「我什麼時候把事情推到您身上去啦？哎呀，這個曲副市長誤會我的意思了，她說齊州有公司想參與氮肥廠項目的開發，想跟我接觸一下，我就跟她說這樣不可以，您向來要求對工程競標要遵循三公原則的，她卻誤會成我是把事情往您身上推了。哎，我真是不知道該說什麼好了。」

金達這才釋懷說：「原來是這樣啊，那你爲什麼事先不跟我說一聲呢？害我以爲你是故意把事情推到我這兒來呢。」

孫守義抱歉地說：「本來我是想跟您說的，可是最近事情很多，都湊到了一起，我就把這事壓根給忘了。」

「誒，您跟我說這件事，是不是您對這件事的規劃有什麼改變了？」孫守義想到了什麼，趕忙問道。

金達說：「沒有，我仍然堅持我們原來商定好的方針，我跟曲副市長說讓那家公司憑實力來公平競爭。」

孫守義說：「我也是這麼答覆她的，既然您仍然堅持原定方案，我會儘快把這個地塊的開發案放在市政府的常務會議上研究一下，然後趕緊啟動的。」

金達同意說：「是啊，別再拖下去了，我擔心久拖不決的話，曲副市長會在其中生出什麼事端就不好了。」

孫守義說：「您放心好了，我會把事情趕緊給處理了的。」

晚上，孫守義在外面應酬完，回到住處時，已經很晚了。

開門的時候，他習慣性的看看一旁的安全通道門口，這是他從那晚被孫濤用刀尖抵在後心上之後一種習慣性的反應。

每次晚上回來，他總懷疑安全通道藏著一個人。他自然不想再遇到孫濤那種情形，因此開門的時候，總是側對著安全通道，防備被人從背後偷襲。

沒想到一瞥之下，孫守義注意到通道那邊好像還真有一個黑影，他不由得緊張起來，一面身體背靠著牆，一面顫聲喊道：「是誰？誰在安全通道那兒？」

「市長，您別緊張，是我啊，」一個男人的聲音說道：「我是泰河市的周正南，您去

泰河市調研的時候，見過我的。」

聽到來人報上名字，孫守義懸著的心才放了下來。

他知道這個周正南是誰，這傢伙是泰河市的一個副市長。算是一個很有能力的幹部，孫守義去泰河市做調研的時候，對他負責分管的工作很滿意，後來還在市政府的會議上表揚過他。

孫守義很不高興地說：「你這個老周，你想幹嘛啊？大半夜的躲在暗影中，是想嚇死我啊？」

周正南不好意思地摸摸頭說：「對不起啊，孫市長，我是有點急事想跟你彙報，就沒想那麼多。」

孫守義奇怪地問：「什麼急事啊？爲什麼不打電話跟我說呢？」

周正南面色略顯緊張地說：「這件事不方便在電話上說，必須要當面跟您彙報才行的。」

孫守義就開了門，把周正南讓了進去。

坐下來後，孫守義不禁問道：「究竟是什麼事啊，還需要你連夜跑來我這裏？」

周正南說：「是這樣的，市長，您也知道這次泰河市領導班子做了很大的調整。泰河市的市委書記李天良升遷，做了海川市副市長，原來的泰河市市長馬艮山就遞補做了泰河市的市委書記，相應的，泰河市的領導班子就需要做很大的變動，不過一時之間，海川市市委還沒有把全部的人員都配置到位。

孫守義心想這個周正南可能對這次的人事調整有什麼想法，便說：「老周，這麼晚了，你就別吞吞吐吐的了，什麼意思就直截了當的說吧。」

周正南把一個四方形包裝好的袋子放到茶几上，然後推到孫守義面前，說：「市長，您對我這個人的能力很瞭解，您看這一次能不能讓我進常委啊？」

孫守義臉色沉了下來，他從袋子的大小厚度上可以猜出來，袋裏裝的肯定是一疊疊的大鈔，周正南居然想來行賄他，好進常委。

孫守義厲聲呵斥道：「周正南，你是想買官嗎？你把我孫守義當什麼人了？」

周正南怔了一下，孫守義的反應完全出乎他的意料之外，他尷尬的說：「市長，我這是一點小意思，您也知道外面都是這麼做的，您就收下吧，不用不好意思。」

孫守義正色說：「我不管外面是什麼樣，在我孫守義這裏行不通。你給我老老實實拿走，否則別怪我把你交給紀委來處理。」

周正南苦苦哀求說：「市長，您就給我個機會好不好，我熬了這麼多年，才有這麼一次進常委的機會。」

孫守義說：「我不管你熬了多少時間，反正我是不會收你的錢的。我勸你趕緊給把錢拿走，別等我真的把你交給紀委。」

孫守義說得聲色俱厲，周正南知道他的想法行不通了，便苦笑了一下說：「市長，您別生氣，我拿走就是了。」

周正南就拿著錢灰溜溜的離開了。

孫守義沒想到周正南居然會買官買到他的頭上來了，心裏不由得十分的氣惱，原本他對這個周正南的印象還不錯，還想說等有機會提拔他一下呢。沒想到周正南居然是這樣一個人，幸好他還沒有向金達推薦用他。

從周正南身上，孫守義又聯想到泰河市現在的市委書記馬艮山身上。

常理上說，周正南要進常委班子，馬艮山如果反對的話，是不太可能的。因爲在選任常委班子的時候，組織上一定會尊重泰河市市委的意見，如果班子的班長堅決反對，組織上一定不會考慮這個人的。

這傢伙是不是從馬艮山那裏得到了首肯，才帶著錢跑來的？

那下一個問題就出來了，周正南是不是也送了這麼一包錢給馬艮山呢？

孫守義不敢往下想，再想下去就很可怕了。因爲在現在這種社會環境中，馬艮山收下周正南的錢的可能性是很大的。

孫守義不願意深入的去瞭解這件事，泰河市原本是李天良的地盤，馬艮山能夠接任李天良的市委書記就是出於李天良的推薦，馬艮山如果有問題，李天良很可能也有問題。

而李天良又是金達的人，孫守義雖然相信金達在金錢方面沒問題，但是如果李天良出問題，金達的面子肯定不好看。所以孫守義覺得自己最好離泰河市的事遠一點，免得到時泰河市真的出了狀況，金達會覺得是他在背後搞鬼。

第二天一上班，孫守義就指示相關部門，針對氮肥廠騰出來的那塊地要如何處理拿出一個方案來。

然後他打電話給束濤，跟束濤講市政府準備啓動氮肥廠地塊的事，讓束濤做好準備，並跟相關部門多溝通。

束濤笑笑說：「市長放心，跟相關部門的招呼我早就打好了。」

這就是地頭蛇的好處，束濤的城邑集團紮根海川市多年，人脈關係盤根錯節，跟一些相關部門熟得不能再熟，曲志霞憑空就想把一個齊州的開發商引進來，談何容易。

結束跟束濤的談話，孫守義直奔齊州而去。他要去齊州見鄧子峰，跟鄧子峰彙報他準備大力發展花卉種植的構想。

這一來是向鄧子峰表達忠誠的方式，再者也是可以讓鄧子峰多瞭解他的想法，鄧子峰就可以爲他提供相應的支持，這對他開展工作也是很有利的。

四個多小時後，孫守義就已經在鄧子峰的辦公室了。

鄧子峰對孫守義的到來顯得很高興，把孫守義讓到沙發上坐下來。

孫守義說：「省長，我這次來，是想彙報一下我的工作思路。」孫守義就講了他想推廣花卉種植的想法。

鄧子峰聽著連連點頭，讚許地說：「守義同志，你這個想法很好啊，你不愧是農業部出來的，著眼點就是比地方上的同志高明。」

孫守義謙虛地說：「省長不要笑話我了，這個花卉種植海是川市本來就有的項目，我只不過想把它發展壯大罷了。」

鄧子峰笑笑說：「這說明你能立足海川，因地制宜，更說明你的作風扎實，東海就是需要像你這樣一步一個腳印扎扎實實的幹部。你知道，現在這個時代，很多人都只想一步登天，沒幾個認真辦實事的人。」

孫守義被說的有些不好意思，笑笑說：「我只是想給海川的農民找條發財的門路罷了，沒想那麼多。」

鄧子峰說：「你能想著農民這就夠了。誒，守義同志，你跟金達同志處得還可以吧？」

孫守義點點頭說：「挺好的，金達書記對我的工作很支持，我們倆相處和諧。」

鄧子峰聽了說：「那就好，班子和諧，工作才能做好。你可不要把精力浪費在鬧內訌上面。」

孫守義說：「這一點我知道，省長。我一定不辜負省長的期望的。那我就先回去了。」

鄧子峰卻說：「先等一下，我聽說有個叫呂鑫的港商在你們海川市投資啊？」

孫守義點點頭，說：「是的，省長，他參與投資了舊城改造項目。怎麼，省長您認識他？」

鄧子峰點點頭說：「我在嶺南省做省委副書記的時候，他是嶺南省的政協委員，會議上見過。守義同志，你知道他的來歷嗎？」

孫守義說：「知道一點，聽說他是香港天皇星號的船東，天皇星號是一條賭船，我想呂鑫一定背景有些複雜。省長對此是不是有什麼顧慮啊？」

鄧子峰說：「我倒沒什麼顧慮，現在搞改革開放，只要是來做正當生意的，我們就應該打開門歡迎。不過，這個人的背景確實很複雜，當時嶺南省政協要吸收他作委員的時候，有不少領導同志持反對意見。不過這個人神通廣大，居然請動一位部委領導下來為他做工作，結果嶺南省政協承受不住壓力，就讓他做了委員了。」

孫守義不解地看了看鄧子峰，說：「省長的意思是要我怎麼對待他呢？」

鄧子峰提醒說：「你也無須要怎麼去對待他，他現在利用嶺南省政協委員的身分往來於內地，也做了一些慈善方面的事，表面上看，他好像已經成功的將自己洗白了。但是他是做什麼的，你和我心裏都很清楚，很難說他沒借官方的身分去做一些見不得人的事。所

以我希望你跟他保持一點距離，千萬不要被扯進那些亂七八糟的事情當中。你明白嗎？」

孫守義點點頭說：「我明白，省長。」

鄧子峰又再三叮囑說：「現在社會風氣不正，也許你在做事的時候會有許多爲難的時候，不過，你要懂得什麼狀況下能夠從權，什麼狀況下不能夠從權。這個分寸你一定要把握好，我可不希望我推薦的人將來出什麼問題。」

孫守義趕忙說：「省長放心，我知道我該怎麼做的。」

鄧子峰這才放孫守義離開辦公室。

鄧子峰很清楚呂鑫的底細，呂鑫曾經是黑社會的小弟，因爲敢打敢殺，頭腦又夠靈活，居然被他闖出一番天地，在香港有了一番局面。

恰好內地搞改革開放，呂鑫適時地抓住了這個機會，借著許多制度還不完善的時候，在香港和嶺南省之間做走私的活動，頂峰時期，幾乎壟斷了嶺南省一省的走私市場，呂鑫因此暴富起來。

但是好景不長，政府開始打擊沿海的走私活動。呂鑫也是被重點打擊的目標，但是呂鑫早就未雨綢繆了，他利用走私獲得的財富在嶺南省建立起一張保護網，居然就被他逃脫了應得的懲罰。他更發揮他超強的活動能力，請動一位從嶺南省去公安部工作的領導出面，使他最終如願成爲省政協委員。

當時鄧子峰正是嶺南省的省委副書記，因此對呂鑫的來歷十分清楚。此次他聽說呂鑫來海川市投資，第一個反應就是這傢伙恐怕又要拉一批人下水了。因而特別提醒孫守義，不要上了呂鑫的當。

# 第五章

# 違紀行為

孫守義知道如果處理周正南，等於毀掉了他半生的努力成果，實在有點殘忍。

有了孫濤的教訓，孫守義便不想這麼做。

「那怎麼行，」金達不滿的說：「老孫，這可是在姑息周正南的違紀行為。」

孫守義出了鄧子峰的辦公室，就往海川趕，在高速公路上，他的手機響了起來，看了看號碼，孫守義不由得笑了，居然就是剛才鄧子峰提醒他要小心的呂鑫。他心想這人是不是有感應啊，不然鄧子峰才剛提起他，他馬上就打電話來了。

孫守義接通了電話，呂鑫說：「孫市長，您現在在哪裡啊？」

孫守義說：「我在從齊州回海川的路上，怎麼，您找我有事啊？」

呂鑫說：「我明天會到海川看一看舊城改造項目的進展情況，想跟市長您見個面，不知道市長什麼時間方便啊？」

孫守義聽了說：「那明晚我設宴給您接風吧。」

呂鑫趕忙說：「這不好吧？怎麼好勞煩您給我接風呢？還是我請您吃飯吧。」

孫守義笑說：「那怎麼行啊，在海川，您是客人，我是主人，您總該讓我盡盡地主之誼吧。」

不管怎麼說，他對一個上門投資的客商都必須要盡到禮數；再來孫守義也有籠絡呂鑫的意思，更重要的是，舊城改造項目進行的並不順利，丁益和伍權遇到拆遷和資金上很大的麻煩，孫守義希望呂鑫能夠多帶來一些資金，好將舊城改造項目順利的做下去。所以他也只能把鄧子峰的叮囑放在腦後，先想辦法哄著呂鑫高興再說。

呂鑫便不再客氣，說：「那行，我就恭敬不如從命了。」

孫守義說：「那就明晚見了。」

回到海川後，已經是晚上了，孫守義來回奔波了八個小時，身體已經很是疲憊，在食堂隨便吃了點東西，就準備回住處休息。這時，他接到了劉麗華的電話。

孫守義對沈佳的愧疚其實並沒有持續多久，在回到北京跟沈佳在一起的時候，他就開始想念起劉麗華青春美好的身體了。不過回來後，因爲有許多事情要忙，他並沒有馬上去找劉麗華。

現在劉麗華打電話來，讓孫守義又有些蠢蠢欲動了，便接通電話，說了句：「你等我，我一會兒就過去。」然後沒給劉麗華講話的機會，就掛斷了電話。

孫守義先回住處消磨了一會兒，看看天黑透了，這才跑去劉麗華那兒。劉麗華一見到他，立即熱情如火地撲進他的懷裏。

孫守義伸手攔住了她，笑說：「我今天奔波了八個多小時，很累了，你先讓我喘口氣。」

劉麗華體貼地說：「那好吧，我來給你按摩。」

劉麗華把孫守義拉到沙發上坐了下來，然後幫孫守義按揉著，一會兒之後，孫守義就感覺肩頸繃緊的肌肉鬆弛下來，身體舒服了很多。

劉麗華將頭靠在孫守義的肩膀上，問說：「怎麼樣，舒服嗎？」

孫守義聞到劉麗華身上那股誘人的氣味，忍不住心猿意馬起來，將劉麗華拉進懷裏，然後上下其手，在劉麗華的敏感部位撫摸著，劉麗華的情緒馬上就被孫守義調動了起來，嬌嗔著道：「你這個壞蛋，還不快帶我進去。」

年輕女人身上的氣味就是比中年女人的氣味好聞得多，兩人進了臥室，一番激戰之後，孫守義渾身疲憊，抱著劉麗華睡了過去。

孫守義正睡得香甜時，忽然感覺有人在推他，並且在他耳邊喊道：「守義，醒醒，醒醒啊。」

孫守義朦朦朧朧的睜開眼睛，看到是劉麗華在推他，就說道：「小劉，我睡得正香呢，你推我幹嘛啊？」

劉麗華說：「凌晨四點了，以往這時候你就要離開的。」

孫守義迷迷糊糊地說：「這麼快就四點啦？我還沒睡夠呢，你讓我再睡會吧，再讓我睡半個小時好了。」

劉麗華答應了說：「行，半個小時後我再叫你。」

孫守義因爲實在太累，閉上眼睛再次睡了過去。

等他再次睜開眼睛的時候，不由得嚇了一跳，外面已經是天光大亮，而劉麗華在他身旁睡得正香呢。原來劉麗華自己也昏睡了過去，根本忘了半小時後要叫醒他的事。

孫守義看看時間，已經快到七點了，叫了起來：「慘了，慘了，小劉，快起來。」

劉麗華驚醒過來，看到天光大亮，也不由得慌張起來，衝著孫守義說：「守義，對不起啊，我沒想到居然睡了過去。」

孫守義著急說：「你先不要跟我說對不起了，現在最要趕緊的，是我得想辦法離開這裏才是。」

劉麗華遲疑地說：「要怎麼離開啊，外面樓道裏已經有腳步聲了，你這時候出去肯定會被人認出來的，要不，我給你一副墨鏡戴上？」

孫守義苦笑了一下，說：「大清早的，我戴副墨鏡出去，不是更讓人盯著我看嗎？」

劉麗華慌張的說：「墨鏡不行的話，那怎麼辦呢？」

孫守義這時候反而冷靜了些，說：

「好了好了，你先別慌，總會有辦法的。不行的話，等這邊的人都上班了，我再離開好了。」

劉麗華一聽，眼睛亮了，說：「守義，你不愧是市長，這種辦法都想得出來。」

孫守義無奈地笑了一下，作了個莫可奈何的表情。

爲了避免引起懷疑，孫守義就打電話給司機和秘書，說他會晚點去辦公，讓他們不用去接他。劉麗華也打電話去單位，說早上有點事要晚點上班。

安排妥當後，兩人就枯坐在那裏熬時間，等著上班的人離開。

在等待的過程中，孫守義和劉麗華都感到十分煎熬。

劉麗華忍不住說：「守義，我們這樣子下去總不是辦法，你和我的住處都是公家宿舍，左鄰右舍都認識我們，害我們每次相會都那麼匆忙；不盡興不說，還老擔心會被發現。如果我們不另外找個住處的話，我擔心遲早會出事的。」

「另外找個住處？」孫守義看了劉麗華一眼，說：「怎麼找？」

劉麗華有些不高興了，說：「怎麼找你還要問我啊？別忘了，你可是海川市的市長耶，有多少人要指著你發財啊，要搞套房子還不是一句話的事？最好是能找個偏僻的社區，那樣我們幽會起來也可以放心一些。」

平心而論，劉麗華提出這個要求也不過分，她只是想要一個安全的幽會環境而已。但問題是買套房子動輒就要幾十上百萬，這可不是孫守義正當收入可以額外負擔得起的。

當然，孫守義如果開口跟哪個開發商要套房子，的確是輕而易舉的事，孫守義相信他只要跟束濤或者呂鑫暗示一下，房子馬上就能拿到手，但是那樣就是索賄受賄了。孫守義被難住了。

劉麗華看孫守義好半天不說話，知道他有為難之處，就說：「算啦，房子的事你就當我沒說好了，我知道你從來不收別人的錢，弄套房子對你來說並不容易。」

劉麗華越是表現的體諒他，孫守義就越發感覺到內疚，他覺得自己很窩囊，連個養情人的小小金屋都弄不到，實在太無能了；何況，他也不想在幽會的時候被撞到。既然捨不得跟劉麗華分手，那他就該安排一個安全的幽會環境來。

於是孫守義笑笑說：「其實你說的也有道理，我們是需要搞套房子。這樣吧，你先不要急，我來想想辦法。」

劉麗華質疑地看了看孫守義說：「守義，你別勉強了，現在的房子很貴，你能有什麼辦法啊？」

孫守義笑笑說：「難道你不相信我？」

劉麗華說：「我是不想讓你去做你不願意做的事情。」

孫守義領會地說：「不會的，我不一定非要去跟別人索要，我總還有幾個朋友，借點錢來交付頭期款應該沒問題的。」

「你要借錢？我的大市長，」劉麗華不禁笑了起來，說：「你也真夠可憐的了。」

孫守義苦笑說：「沒辦法啊，我這個市長可是個窮人。」

孫守義手裏確實是沒錢，他的收入除了留一點零用外，都給沈佳做家用了；除此之外，他並沒有其他的收入來源，手裏自然就沒什麼錢。

他現在的想法是，先弄筆錢付買房子的頭期款，之後再讓劉麗華按月付後面的費用。這雖然有點寒酸，卻不失是一個解決問題的辦法。

這時，外面走廊已經沒有了腳步聲，孫守義急著離開，就不再談房子的事，讓劉麗華去外面看看有沒有人。劉麗華看左右鄰居都上班去了，便趕緊知會孫守義，孫守義才從她家裏快閃離開。

到了市政府，在辦公室坐下，孫守義這才鬆了口氣，這一早上總算是平安度過了。

這時秘書走進來，報告說金達打電話來，說是有事要跟他說，讓他上班後過去一趟。

孫守義心中暗自慶幸金達沒有打手機給他，問他在哪裡，不要他還真是不好解釋，就對秘書說：「行，我知道了，我一會兒就過去市委。」

孫守義處理了一下手邊的事務，就趕緊去了金達辦公室。

金達看見他，開玩笑說：「老孫，一大早你去忙什麼了，不會是偷著去會情人了吧？」

孫守義知道金達是在開玩笑，不過畢竟心虛，心裏還是慌了一下，笑了笑說：「您真會開玩笑，我哪有什麼情人啊？再說，誰大早上的去會情人啊？誒，您說找我有事，什麼事情啊？」

金達說：「是這樣的，我是想跟你說說泰河市副市長周正南。」

孫守義愣了一下，金達爲什麼會說起周正南？他最近好像沒什麼事啊?!

金達娓娓說道：「我想說的是這傢伙向我行賄的事！昨晚這傢伙找到我，拿著一包

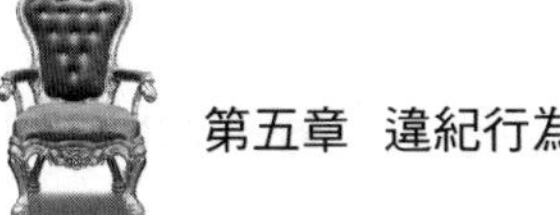


錢，說要送給我，讓我幫他進泰河市常委班子，我很生氣，讓他把錢拿走，他還纏著我不放，簡直是豈有此理。老孫，我找你來，就是想商量一下這件事要怎麼處理。我看了一下，那傢伙拿過來的錢最少也有十萬，這錢是從哪裡來的，很成問題啊，不處理我覺得不行。」

孫守義聽了，說：「原來是這樣啊，這傢伙也去過我那兒，也給了我一包錢，被我訓了一頓後灰溜溜的走了，哪知道他還沒醒腦子，居然又去找您。」

「他也送錢給你？」金達看了一眼孫守義，說：「這傢伙把我們海川市委當什麼了，買官職的便利商店嗎？老孫，你說要怎麼處理他比較好？」

孫守義看了看金達，說：「您真的想要處理他啊？」

金達點點頭說：「當然是真的了，這傢伙出手那麼大方，肯定有問題；按照紀律，必須要嚴肅處理才行。怎麼老孫，你有不同意見？」

孫守義說：「是的，金書記，叫我說，這件事還是不要去管他了，反正您和我都沒拿他的錢，他的圖謀也實現不了，我們就當不知道這件事算了。」

孫守義經過孫濤那件事之後，對一些基層官員的心情頗能理解，他知道如果處理周正南，等於毀掉了他半生的努力成果，實在有點殘忍。有了孫濤的教訓，孫守義便不想這麼做。

「那怎麼行，」金達不滿的說：「老孫，這麼做可就是在姑息周正南的違紀行爲了。」

孫守義說：「這我也知道。不過，您想過沒有，周正南能做到今天這個位置，身邊肯定有不少的人脈網路，處理他可能會牽動不少人。您和我都是新接手班子不久，如果造成太大波動，對海川的局勢並不利；再說，周正南除了送錢這一點外，並沒有什麼惡跡，犯不著非要給他一個處分才行啊。」

金達不禁遲疑了一下，孫守義說的很有道理，泰河市原本是李天良在做市委書記，說不定周正南的事還可能牽涉到李天良呢。

金達新坐上市委書記的寶座，當然不希望下屬哪個部門搞出什麼弊案出來，害他臉上無光；何況裏面還牽涉到他的親信李天良。

於是金達又問了孫守義一次，說：「老孫，你的意思是不要去動他？」

孫守義說：「我覺得不要去管他比較好。周正南這麼做，其實也有大環境的因素，現在社會風氣這麼差，難免給他造成一個印象，認爲不花錢買官就不能獲得升遷，這一點我覺得是可以諒解的。」

金達點點頭說：「那就暫且放過他吧，希望他能從這次的事情當中吸取教訓，不要再犯類似的錯誤了。」

孫守義笑笑說：「我想我們倆都不收他的錢，他應該會從中得到教訓了。」

金達說：「那行，老孫你去忙吧，我要跟你談的就是這件事。」

「好的。另外，投資丁益和伍權他們的那個香港商到海川了，晚上我會設宴給他接風，您要不要參加一下啊？」孫守義問道。

金達想了想，搖頭說：「我晚上已經有安排了，就不去了。」

晚上七點，孫守義在海川大酒店設宴招待呂鑫。呂鑫在伍權和丁益的陪同下一起出席。

孫守義跟呂鑫握了握手，寒喧說：「呂先生，歡迎您來海川，怎麼樣，來這裏的感覺如何？」

呂鑫指著窗外燈火輝煌的夜空，誇讚說：「實話說，我真是沒想到海川會這麼繁華，從這裏看出去的夜景，絲毫不差於香港的維多利亞港啊。孫市長，你們把這個城市建設的真是太漂亮了。」

孫守義笑笑說：「這我就要糾正您一下了，呂先生，應該說我們一起再把這個城市建設的更漂亮才對，您可別忘了，舊城改造項目是有你很大一筆資金投入的，您對海川市的貢獻也很大啊。」

眾人各自入席後，服務員陸續把菜送上來。

孫守義問說：「呂先生想喝什麼酒啊？」

呂鑫笑笑說：「入鄉隨俗，我知道海川本地出產的葡萄酒很好，並不差於什麼五大酒莊的酒。孫市長，咱們就喝本地出的乾紅好不好啊？」

孫守義不得不說這呂鑫處事還真是圓滑老道，他稱讚海川本地的葡萄酒，一下子就讓丁益、伍權這些海川人感到親近許多。

孫守義笑笑說：「想不到呂先生對我們海川市的葡萄酒評價這麼高，那好，我們就喝您說的乾紅好了。」

孫守義就讓人開了一瓶紅酒，給在座的人斟滿了，端起酒杯說：「這杯酒我先敬呂先生，歡迎您來海川。」

呂鑫跟孫守義碰了碰杯，說：「謝謝孫市長。」

兩人各自喝了一口，又吃了點菜。

孫守義放下筷子，看著呂鑫說：「不曉得呂先生是不是已經看過舊城改造項目了？」

呂鑫笑笑說：「是呀，今天下午丁益和伍權已經陪我看了工程的進度了。」

丁益在一旁說：「我和伍權都很佩服呂先生的這種敬業精神，原本我們想他旅途勞頓，想要他休息一下等明天再去工地，沒想到他到海川後就堅持要馬上看工地，根本就沒怎麼休息。」

呂鑫說：「時間就是金錢，我急著去看工程的進度，也是在爲我自己節省金錢啊。」

孫守義笑著說：「難怪呂先生的生意會做得這麼大，原來你是這麼注重時間效率的人啊。丁益伍權，你們倆這次跟呂先生合作真是有福了，你們可要借此機會多跟呂先生學習他做生意的經驗啊。」

伍權趕忙說：「市長，我們正在學呢。」

孫守義便問呂鑫說：「呂先生，既然看了工程進度，怎麼樣，還滿意嗎？」

呂鑫竟搖搖頭說：「實話說，我很不滿意，工程進度遲緩，這樣下去是不行的。市長，這個你可要幫幫我們啊。」

孫守義詫異地說：「怎麼回事啊，丁益，是什麼原因造成你們的工程進度遲緩呢？我記得拆遷問題已經解決啦？」

丁益訴苦說：「其實我們進度已經很快了，只是呂先生不太明白我們內地的一些工程審批程序而已，這個市長您就知道了，要開工建設需要很多部門的批准，這些部門沒在相關文件上蓋上章，有些事情就不好做了。」

孫守義就看向呂鑫，說：「呂先生，這我可以幫丁益伍權他們說幾句話，他們的確是很高效的在運作了，市政府也儘量給他們開了綠燈，不過有些程序是必須要走的，所以需要一些時間。」

呂鑫說：「這我知道，不過，孫市長，你們的批准程序涉及的部門實在也太多了些吧？我數了一下，居然要蓋幾十個章之多，過程實在太繁瑣了，您是不是可以幫我們簡化一下呢？」

孫守義說：「簡化是不太可能的，因爲這牽涉到政策規定方面的問題。不過，我倒是可以幫你們督促一下，讓相關部門加快審批的速度。」

呂鑫聽了說：「那我先謝謝孫市長了，來，孫市長，這杯酒我敬您，感謝您對這個項目的支持。」

孫守義笑說：「呂先生不要說這麼客氣的話，這個項目也關係到海川的城市建設，我們大家就共同努力把它建設好吧。丁益、伍權，你們倆也別光看，一起喝一杯吧。」

丁益和伍權就舉起酒杯，四個人碰了一下杯，各自喝了一口酒。

孫守義又說：「呂先生，您這次來海川，不會是光看工程進度這麼簡單的吧？」

呂鑫笑笑說：「是的，我順便想來看看海川的投資環境，然後決定是不是要繼續投資下去。原本我是很不滿意工程進度的，幸好海川市有您孫市長這樣開明又有能力的領導在，讓我對海川市的經濟發展很有信心。衝著您，我願意繼續投資下去。」

孫守義高興地說：「那真是很感謝呂先生對我孫某人的信賴了，我也代表海川市委市政府感謝您對海川經濟建設的支持。」

呂鑫直爽地說：「這種官面上的話，孫市長以後就不要在我面前講了，我不喜歡聽這種客套話。我願意跟您合作，在海川投資，某種程度上也是看重您這個人，我覺得您直率仗義，跟我很對脾氣。我想，您應該知道我的背景吧？」

孫守義承認說：「我知道，但我覺得這並不妨礙我們海川對您的歡迎。」

呂鑫感觸地說：「我到內地，很多地方領導對我都很歡迎，不過我看得出來，他們歡迎的是我的錢，不是我這個人。他們希望我投資，卻又擔心我複雜的背景會給他們造成某種程度的損害，所以他們對我表面上熱情，內心卻保持著距離，所以他們的熱情就顯得有點假。但是你孫市長不一樣，包括北京的那次見面，你都沒有因爲我複雜的背景而刻意回避我，這才是真朋友做的事情。」

孫守義很有誠意地說：「接觸久了，您就會明白我這個人的，我不會表面上說要跟您交朋友，心裏卻對您充滿戒備，不管您背景怎樣，只要您來海川是正當投資，那就是對我和市政府的支持，我都是歡迎而且衷心感謝的。呂先生，我承認海川某些方面做的還不夠好，就像您說的審批程序太過繁瑣的問題確實存在。但是我在這裏跟您承諾，我會盡我的力量去幫你解決這些問題的。也歡迎您隨時把遇到的困難反映給我，我會爲你們這些來投資的客商做好應有的服務的。」

「好！」呂鑫聽了，滿意地說：「有孫市長這個承諾，我對我在海川的投資就更有信心了。孫市長，您這個朋友我交定了，以後您如果有什麼事情需要我幫忙的，跟我說一聲就可以，我一定會盡力的。」

孫守義說：「那呂先生，我們以後就是朋友了，作爲朋友，我希望您可要多支持我的工作，比方說加大對丁益和伍權他們公司的投資力度，好讓我們的舊城改造項目儘快完成。」

呂鑫忍不住說：「孫市長，您真是會找機會啊。這樣吧，投資我可以加大，但是您必須承諾趕緊幫我們搞定審批手續。只有我們雙方共同努力，這個項目才能更快更好地進行啊。」

孫守義立刻承諾說：「行，這我可以答應您，回頭我就召開工作會議，研究對舊城改造項目的審批問題，到時候我會想辦法讓市政府形成決議，對舊城改造項目採取專案處理，節省中間的程序，務求在最短的時間內完成審批手續。怎麼樣，呂先生，您滿意了吧？」

孫守義之所以答應得這麼痛快，並不完全是因爲呂鑫，其中也是有回報丁江、丁益父子當初在他選舉市長時對他的支持成分在內。

他的市長選舉能夠那麼順利，與丁氏父子和束濤對他的支持分不開。他已經承諾把氮肥廠項目交給束濤去做，算是對束濤的回報；而丁氏父子他還沒找到回報的方式，現在呂鑫提出這個問題，恰好給孫守義回報的機會了。

孫守義出面給舊城改造項目護航，讓相關部門不敢再打他們的秋風，必定能加快相應項目的審批速度。丁益和伍權聽孫守義做出這樣的承諾，眼睛都亮了起來。

丁益立即對呂鑫說：「呂先生，市長答應這麼做，可是對我們這個項目莫大的支持了。相信在他的支持下，項目的進度一定會加快很多的。」

呂鑫也顯得很高興，說：「那可真是太感謝孫市長了，我們三個就敬一下孫市長吧，謝謝孫市長對這個項目的大力支持。」

三人便舉起酒杯，敬了孫守義一杯。酒桌上的氣氛越發熱烈起來。

乘著興頭，呂鑫說：「孫市長，什麼時間去香港玩一趟吧，我負責招待您，您去香港後的費用都由我來承擔，我保證讓您玩得盡興。」

孫守義笑笑說：「我也想啊，我知道呂先生的天皇星號是頂級的豪華遊輪，上面應有盡有，要能上去玩，一定能夠玩得很好。不過，呂先生知道我的身分，所謂的官身不自由，我也不是什麼地方都能去的，你那個天皇星號尤其是不能上，前幾年不是有一個市的副市長上了賭船，結果被相關部門盯上，回來就被抓了嗎？呂先生，說句不怕你見笑的話，我還想留著頭上的烏紗帽吃飯呢。」

呂鑫笑說：「孫市長還真是實在啊，您放心好了，我從不強人所難，絕不會讓你上賭場那種尷尬的場合的。不過您還是可以去香港走走，比方說去香港招商，我在香港商界還有點影響，如果您想去那裏招商，我倒是可以配合。」

孫守義眼睛亮了一下，說：「呂先生，您說的這個倒是個好主意。我早就有想去香港為海川市招商的想法了，只是因為種種原因一直未能成行。」

呂鑫笑笑說：「那正好，您就來吧。」

孫守義說：「我先謝謝呂先生了，不過要去的話，也不能就這麼去啊，還需要做一些招商的籌畫準備工作。」

呂鑫打包票說：「那到時候您通知我一聲，我一定會幫您安排好的。」

這場接風晚宴，賓主都十分盡興，一方面呂鑫和丁益伍權解決了審批程序上的困難，另一方面孫守義也得到了去香港招商的邀請，雙方各有所得，因此都很高興。

酒宴結束時，孫守義為了表示誠意，非要堅持將呂鑫送回房間不可，呂鑫推辭不過，只好接受，於是四人進了電梯，伍權按了呂鑫所在的樓層。

就在電梯門要關上時，一個女人匆忙走了進來。

女人三十歲左右的樣子，穿著時髦，模樣長得還不錯，只是略微豐腴一點。她進了電梯之後，低著頭，也沒去按樓層號，只是站在那裏等著電梯關門，顯然她要去的是跟呂鑫同一樓層。

孫守義看到這個女人愣了一下，這個女人是東海省日報駐海川記者站的記者，叫顧明麗，專門負責跑海川市新聞的，曾經給孫守義做過一個專訪，孫守義因此認得這個女人。

孫守義有些納悶她爲什麼會這麼晚跑來海川大酒店，孫守義不好不跟她打招呼，這些媒體人都是厲害角色，隨便給你寫一通報導就夠受的了。

於是孫守義就笑笑說：「顧記者，這麼巧啊，這麼晚跑來海川大酒店，不會是來採訪什麼新聞的吧？」

顧明麗聽有人跟她說話，也是一愣，回頭看了看，笑說：「原來是孫市長啊，您這是？」

孫守義就指指呂鑫，說：「這位呂先生是從香港來的客人，我送他回房間。」

呂鑫很有禮貌的衝著顧明麗微微一頷首，顧明麗也點頭作了回禮，然後才看著孫守義說：「市長的工作還真是忙啊。」

孫守義笑笑說：「沒辦法，身在其位，就要克盡其責啊。」

說話間，電梯停了下來，到了呂鑫住的樓層。

令孫守義感覺奇怪的是，顧明麗並沒有出電梯，而是閃到了一邊，讓他們出去。

孫守義不禁問道：「顧記者怎麼不出去？」

顧明麗說：「我剛才有點恍神，忘了按樓層號碼了，我要去的樓層還要往上呢。孫市長、呂先生，你們先下吧。」

孫守義就讓呂鑫先出了電梯，然後跟顧明麗道了再見，也出了電梯。

孫守義感覺顧明麗匆忙跑來海川大酒店，一定是要見什麼人，而這個人肯定是跟呂鑫同一個樓層，開了房間等著她呢。

顧明麗本來是要在這一層下的，但是見到孫守義就不下了，說明顧明麗是擔心他撞見她要去見的那個人。也就是說，他認識顧明麗要見的人，而且這個人不方便在他面前見顧明麗。

孫守義心中不由得產生了疑問，顧明麗要見的這個人是誰呢？

按照推理，這個人一定是個男人，而且這個人八成也是個官員，如果是普通商人或者不是官場上的人，他這個市長也管不著啦。

孫守義一肚子困惑的將呂鑫送到房門口，對呂鑫說：「呂先生，這麼晚我就不進去了，希望您能休息好。」

呂鑫也不跟孫守義客套，就跟孫守義握了握手，道了晚安，就跟孫守義分了手。丁益和伍權便也跟著孫守義出了海川大酒店，各自上車回家了。

孫守義回到住處，腦中還一直想著顧明麗究竟是去海川大酒店見誰呢？這個人肯定是他的下屬才對，而且是……

孫守義腦中忽然閃出一個人名來，孫守義有一次看到顧明麗在這個人的辦公室採訪

他，而且這個人好像在海川大酒店有一個房間是作爲工作之餘休息用的。

孫守義就抓起電話，打給了他設想的這個人。

電話嘟嘟響了幾聲後，那人接通了，孫守義開口就沒頭沒腦的問道：「你現在在哪裡？」

對方遲疑了一下，然後說：「我在海川大酒店呢，市長找我有事嗎？」

如果這個人毫不遲疑，孫守義還不會懷疑什麼，這人一遲疑，孫守義就知道他有問題了。這實在令他很意外，印象中這個人很本分，原來在背地裏也有見不得人的一面啊。

孫守義心中有點惱火，有一種被騙的感覺，於是沒說什麼，一下子掛斷了電話。

掛斷電話後，孫守義忽然覺得自己的反應似乎有點過度了，大家都是男人，男人有這種事也不算什麼，他不是也有婚外情嗎？爲什麼對方有情人他就接受不了呢？

這可能是這與他平素所見的那個人反差實在是太大的緣故，如果不是湊巧碰見，他絕不會往這個人身上去想的。

孫守義心說算了，政壇上這種雙面人很多，自己不也是隱瞞著他跟劉麗華的關係，不想讓別人知道嗎？只是以後對這個人要多幾分警惕就是了。想到這裏，孫守義也就不那麼生氣了。

第二天一早上班，孫守義剛在辦公室裏坐下，副市長何飛軍就走進了他的辦公室。孫守義知道是自己昨天沒說什麼就扣了他的電話，讓他心裏感覺到不安了。

孫守義既然不想去跟他計較了，就說：「老何，不好意思啊，我昨晚喝得有點多，打電話給你又忘了要說什麼，就掛了電話，你沒生我的氣吧？」

何飛軍看了一眼孫守義，他並不相信孫守義的解釋，顧明麗昨晚已經告訴他見到孫守義的事，孫守義一定是察覺到了他跟顧明麗的曖昧，所以才會打電話問他在哪裡的。這都怪顧明麗，她正常從電梯裏出來，多走幾步，等孫守義離開就好了，這下倒好，害得孫守義懷疑起來。

何飛軍並沒有什麼雄厚的背景，他因爲得到孫守義的信任，仕途才有了點起色，如果這時候失去了孫守義對他的信任，也就意味著他的仕途要再度停滯下來。

沒有人會用一個欺騙他的人的，孫守義也不會例外的。何飛軍不敢冒這個險，他寧願讓孫守義責備他，也不想讓孫守義覺得他在騙他，於是窘迫的說：

「市長，對不起，我辜負您對我的信任了，我跟顧明麗的事，是我一時糊塗，那次她來找我，我一時沒把持住，就跟她睡在一起了。」

何飛軍直接承認了他跟顧明麗的關係，讓孫守義一方面感到意外，另一方面，心中對他的反感也消除了很多，他覺得何飛軍對他還算誠實。

說實在，現在的社會風氣敗壞，官員們身處核心地位，手中掌控著資源和權力，多少女人為了達到目的主動投懷送抱，有幾個官員能夠做到坐懷不亂的？所以倒也不能完全去怪何飛軍。

他不禁看了何飛軍一眼，說：「老何，我沒提顧明麗，其實是我不太想跟你談這件事。你跟顧明麗之間究竟是什麼關係我並不清楚，也不想弄清楚，這是你私生活的範疇。不過，既然你跟我承認了你跟顧明麗的關係，我就不得不說你幾句了，你這是很嚴重的道德操守問題，也是為組織紀律所不允許的，你知道嗎？」

何飛軍苦笑說：「市長，這我都知道，可是我就是控制不住自己，總是忍不住想要跟她來往。」

何飛軍的說法，孫守義感同身受，他跟劉麗華也是如此，明明知道不應該，是危險的，偏偏就是狠不下心來慧劍斬情絲。

不過，何飛軍是他用起來的人，他可不想看何飛軍出什麼事，也讓他被牽連到，因而正色說：「好了，好了，你不要跟我解釋什麼了。我一開始就講了，我並不想去管你私人感情的事，但是有一點你要明白，那就是你千萬不要因此影響到了工作。」

孫守義趕忙承諾說：「市長放心，我一定不會讓這件事影響到我的工作的。」

孫守義冷眼看著何飛軍，語氣嚴厲的說：「老何，醜話我可說在前裏，只要你不影響到工作，你和顧明麗的事我不會去管的；但是一旦影響到工作，那就不是你的私事了，我一定會嚴肅辦理的，到時候你可別怪我不講交情。」

何飛軍點點頭說：「我明白的市長。」

孫守義說：「那行，既然你都明白，我就不多說什麼了，自己回去把這件事情處理好就行了。」

何飛軍就離開了。

孫守義嘆了口氣，這種男女遊戲充滿了刺激，除非是厭倦了對方，否則很難了斷。何飛軍剛才話裏絲毫沒有要跟顧明麗了斷的想法，看來他是想繼續跟顧明麗往來，這傢伙真是讓人不能省心啊。

何飛軍也真敢玩，居然跟省報記者搞在一起，他不知道像這種做省報駐站記者的女人，都不是什麼省油的燈嗎?!

孫守義跟顧明麗打過交道，這個女人作風粗獷，喝起酒來甚至比男人都能喝，他認爲顧明麗充滿了危險性，如果換到他，絕對會對她退避三舍，偏偏何飛軍昏了頭，居然惹上這個女人。可能何飛軍性格軟弱，所以才會喜歡顧明麗這種強悍的女人吧?

孫守義心想：何飛軍只能自求多福了，他的醜話已經說在這兒，一旦事情鬧開，他一定會毫不留情的處理何飛軍的。

過幾天，孫守義召開了市政府的常務會議。在會議上，孫守義強調了舊城改造項目對海川市的重要性，因此建議成立一個舊城改造項目的辦公小組，將有關舊城改造項目的各項審批由單一窗口解決，好避免不必要的公文往來時間造成延宕，加快項目進度。

孫守義這個提議得到其他副市長的一致通過。

接著，孫守義談到了氮肥廠地塊的開發。由於曲志霞有想參與的意思，因此並沒有設定排除海川市以外開發企業的條款，曲志霞也沒提出什麼反對意見，於是獲得一致通過，氮肥廠地塊的開發就算是正式啓動了。

# 第六章

# 無理取鬧

孫守義猜想一定是顧明麗跟何飛軍發生了什麼衝突，
顧明麗因為生氣，才污蔑何飛軍強暴她。
孫守義有些不齒顧明麗的行為，你跟一個有婦之夫發生婚外情已經是不對了，
現在還反咬說人家強暴你，簡直是無理取鬧。

北京。

華燈初上，在一家頗有人氣的居酒屋包間裏，傅華和喬玉甄在榻榻米上相對而坐。

這頓飯是喬玉甄堅持要請的，算是那次被巴東煌掃興的補請，傅華說不過她，也只好接受。

桌上擺的是一鍋壽喜燒，壽喜燒是很久以前日本農民在農忙時，用鐵製的農具當做工具，就地烤肉煮食，因此得名。現今，壽喜燒已經演變成一種用來享受高級和牛的美食了。

喬玉甄取笑說：「傅華，一看就知道你沒吃過壽喜燒，你把牛肉蘸著小碗裏的蛋液試試。」

傅華就夾了塊牛肉去碗中的蛋液蘸了一下，然後送進嘴裏慢慢咀嚼起來。蛋液讓牛肉的口感變得更加順滑，果然不一樣。

傅華點點頭說：「還真是不錯。想不到蛋液居然對牛肉有這麼大的加分。」

喬玉甄笑說：「那是當然了，對於食物搭配的研究，日本人是一絕，他們很懂得什麼食物跟什麼食物搭配的。」

「兩個人來這裏吃飯感覺還真是不錯，讓人感到很放鬆，我出來跟人吃飯很少有這種感覺，每次同桌的人都是勾心鬥角的，就算吃的食物再好，也吃不出來什麼滋味來。」喬玉甄頗有感觸地說道。

傅華笑說：「你也別怪別人了，恐怕是你先跟人家勾心鬥角吧，如果你能放鬆一點，生活會更輕鬆的。其實我看你賺的錢已經夠多了，幾輩子都花不完，何必這麼辛苦自己呢？」

喬玉甄無奈地說：「你不懂的，傅華。我哪敢停啊？你問問你那個通匯集團的前岳父就知道了。通匯集團這些年也算是不錯的，你問他他敢停下來嗎？他肯定告訴你他不敢。企業就是一架高速運轉的機器，如果一直運轉下去，什麼問題都不會有；但是一旦停下來，各種問題就會一一浮現了。」

傅華聽了說：「原來是這樣啊。」

傅華知道喬玉甄不敢停下來的一個更深層的原因是，她的公司其實很大程度是依靠人脈關係在運作，並沒有趙凱的通匯集團那麼實力雄厚，只要一停下來，爆出來的問題恐怕會很嚴重，說不定會嚴重到喬玉甄無法承受的地步。

喬玉甄說：「所以啊，有時候雖然很累，但是我還是不得不堅持下去。誒，不說我了，你知道嗎，巴東煌被公佈出任最高法院的副院長了。巴東煌現在是法院系統的新貴，這個勢頭估計東海省高院也不得不給他幾分面子，看來你師兄和他朋友的事這次應該有機會能得到解決了。」

傅華還沒看到相關的任命公告，聽了便說：「這段時間我沒過問我師兄和他朋友的事，那個巴東煌太失格了，我實在不願意參與他們的事。想不到巴東煌還真的上了一個臺階，這讓我實在有點接受不了，真是不知道該說什麼好了。」

喬玉甄笑說：「行了，傅華，你別這樣好不好?其實我們要感謝這個社會風氣才對啊，我們現在做的事情，如果不是這種社會風氣，根本就行不通的。你靠這個謀生，卻又來埋怨?!有句話怎麼說來著，端起碗來吃肉，放下筷子罵娘，我看你現在就是這個樣子。」

傅華嘆說：「這倒是，我們都在靠這個體制吃飯，是不應該有什麼牢騷才對。」

「小喬，你知道呂先生去了我們海川市嗎?」傅華突然想起這件事，問喬玉甄說。

喬玉甄說：「我知道，他跟我說過，他說他很不滿意項目的進度，就過去看看，順便跟孫市長接觸接觸。上次孫市長回北京跟他見過面，他對你們市長印象還不錯，很想跟他交個朋友。」

「交個朋友?」傅華笑了起來，說：「我感覺呂先生交朋友的範圍真是很廣啊。其中最令我意外的是他跟白建松的交往，他是做賭業的，跟白建松這個公安部的高官不是有很大衝突嗎?沒想到他們居然做起朋友來，而且看上去關係還不淺呢。」

喬玉甄笑了起來，說：「你想不通他們這個朋友是怎麼做起來的吧?其實在接風酒宴上的那些朋友中，他跟白建松認識最早，關係也最鐵。」

傅華越發的詫異，問道：「為什麼啊?我真是想不明白。」

喬玉甄打破謎團說：「這有什麼想不明白的啊？你看過警匪片吧？裏面的警察都是怎麼破案的？他們要破案不是需要有線人？如果你往這方面一想，問題是不是就迎刃而解了？」

傅華愣了一下，說：「不會吧，你是說呂先生給白建松做過線人？怎麼可能啊？」

喬玉甄笑說：「大人物也不是生下來就是大人物的，他也要從普通人一步步做起啊。好了，我們喝酒，不聊這些陳年往事了。」

這時，又上了一盤煎牛舌配梅子肉，大塊的牛舌配上酸酸的梅肉、真是十分的清爽鮮香。

喬玉甄吃了一點，放下筷子，感慨地說：「其實人一輩子都是這樣，有風光的時候，也有低潮的時候，就像我，也曾有餓到沒飯吃的時候。」

喬玉甄還是第一次在傅華面前說起她以前的經歷，沒想到喬玉甄還有這樣不爲人知的過去。傅華很想問喬玉甄她的第一桶金是怎麼來的，不過最終還是按捺下強烈的好奇心，沒有問出口。他不想去冒犯喬玉甄，如果喬玉甄願意講，自然就會講了；她不提，就是還有不願意爲他人所知的部分。

吃完飯，喬玉甄就和傅華分手，各自回家。

回家的路上，傅華的手機響了起來，他看了看是蘇南的號碼，就接通了，問道：「南哥，找我有事啊？」

蘇南說：「誒，你在哪裡啊，吃飯沒有啊？」

傅華笑說：「剛吃完，正在回家的路上。」

蘇南立即說：「那先別回家了，來曉菲的四合院陪我喝茶吧。」

傅華就打了個電話給鄭莉，說蘇南約他去喝茶，恐怕要晚一點才回去。鄭莉聽是蘇南找傅華，便沒說什麼，應了句：「行啊，南哥叫你去你就去吧。」

傅華就調轉方向，去了曉菲的四合院。

蘇南的臉色有點暗沉，似乎有什麼心事，看到傅華來了，招呼傅華坐下來，給傅華倒上茶。

傅華喝了口茶，蘇南看著他，笑說：「我看你神情很高興的樣子，看來晚上這頓飯吃得不錯啊。說吧，是跟哪位小姐一起吃的飯啊？」

傅華顧左右而言他地說：「南哥，你憑什麼認爲我是跟女士一起吃的飯啊？」

蘇南笑說：「我也是常應酬的人了，這點經驗還是有的。老實說，是誰啊？」

傅華笑笑說：「是喬玉甄，我們一起吃了頓飯，閒聊一番，也沒談什麼事，所以很輕鬆。」

這時曉菲走了過來，聽到說：「誒，傅華，你不夠意思啊，跟玉甄吃飯也不叫上我，

是不是擔心我攪了你們倆的好事啊？」

傅華趕忙說：「曉菲，你不要跟我開這種玩笑了，我跟小莉剛和好不久，哪有膽量去亂搞啊？」

曉菲開玩笑說：「那是不是時間久了，你就可以亂搞啦？」

傅華正色說：「好了曉菲，別鬧了好嗎？你還是問問南哥是為什麼事，這麼晚了還把我叫來喝茶吧。」

蘇南聽了，笑說：「你們倆繼續好了，幹嘛扯上我啊？」

曉菲說：「南哥，不僅傅華看出來，我也看出來了，你今晚好像有心事的樣子，雖然臉上帶著笑容，眉頭卻是一直皺著的。」

蘇南瞅了曉菲一眼，說：「你個鬼機靈，我眉頭皺著也能被你注意到。」

曉菲嗤了聲說：「那麼明顯，誰看不出來啊？」

傅華猜測說：「南哥，齊東市新機場的競標就要開始了，是不是出現什麼波折了？」

蘇南搖搖頭說：「倒是沒有，只是我這次完全按照正規程序去做，到現在對一些關鍵人物的態度都還沒法掌握，心裏很沒有底。如果振東集團到時候沒有得標，我跟公司上下都不好交代啊。」

傅華不禁說道：「不但對公司不好交代，恐怕對鄧叔也不好交代吧？」

蘇南別有意味的看了傅華一眼，說：「是啊，鄧叔對這次我能否得標期望甚殷，如果最後不能得標，他會很失望的。」

傅華知道鄧子峰和蘇南對這次齊東市新機場競標是經過精心算計的，按說蘇南應該不用擔心才對，但恰恰因爲他這次走正當程序，沒有去接觸齊東市的領導，跟他以前的操作方式不一樣，心裏沒有底氣也是自然的。

傅華安慰說：「既然南哥覺得沒什麼波折，那這次振東集團勝出應該沒什麼問題吧？」

蘇南卻搖搖頭說：「不，傅華，沒有什麼波折才正是問題所在。」

傅華奇怪地說：「怎麼說？」

蘇南分析說：「你看，傅華，像新機場這種這麼大的項目，想要爭取的公司肯定很多，有實力能將這個項目拿下的公司肯定也很多，照道理來說，此刻應該是爭得打破頭才對，可是爲什麼是這樣風平浪靜呢？你別忘了，我這次完全是按照正規手續來競標，鄧叔並沒有出面爲我跟王雙河市長打招呼的。」

傅華沉吟了一會兒，說：「你的意思是，齊東市現在之所以風平浪靜，是因爲他們已經把項目內定給了某家公司，而這家公司不是你們振東集團，對嗎？」

蘇南點點頭說：「我就是這個意思。傅華，你要知道，按照現在的操作模式，除了齊東市已經有了內定的公司，不會再有其他解釋的。」

傅華心想，看來這次蘇南和鄧子峰一點都沒有劍走偏鋒，齊東市市長王雙河並沒有領會到他們的意思，反而讓他們的計畫落空了。

傅華只有承認說：「我相信這是很有可能的，那麼南哥你打算怎麼辦呢？」

蘇南擔憂地說：「怎麼辦正是我想問你的，傅華，你覺得我應該怎麼辦？我這次絕對不能失敗，否則對我公司的士氣可是一個沉重的打擊，你得幫我好好想一想才行啊。」

傅華不禁苦笑說：「南哥，你這杯茶可真是不好喝啊。」

蘇南笑了起來，說：「不好喝你也得喝，這時候你再不幫我，可就不夠意思了。」

蘇南既然這麼說，傅華也不好置身事外了，這裏面不僅僅有他跟蘇南的交情在，還有鄧子峰的關係，鄧子峰如果在東海省遭受挫折，對他也並不有利。

傅華想了想說：「南哥，辦法不是沒有，不過我不敢確定這個辦法一定能夠成功。還有，鄧叔願不願意按照這個辦法做也是問題。」

蘇南一聽有辦法，立刻說：「不管怎麼樣，你先說來聽聽，行與不行，我們再商量。」

傅華便獻計說：「首先，我覺得你應該跑一趟齊東市，約見一下王雙河，也不要有什麼送禮或者其他的舉動，就是去跟他接觸一下，看看是不是他真的有什麼內定的公司了。南哥，這個你應該可以從跟王雙河的接觸中察覺出來吧？」

蘇南點點頭說：「這個我可以做到，人就算是偽裝得再好，如果心中有鬼的話，言行中也會有些痕跡的。」

傅華接著說：「如果確實是有這家公司的存在，那接下來的問題，就是找出這家公司來，不知道南哥你有沒有這個本事啊？」

蘇南笑笑說：「你也把我看得太無能了吧，要找出那家公司來，我還是有辦法的。只是找出這家公司之後再怎麼辦啊？」

傅華笑說：「那還不簡單嗎，對這種還沒開始競標就已經內定給某家公司的違規行爲，那些有正義感的人一定會予以揭發的。鄧叔不是一直在強調這次競標一定要把好關，不能允許貪瀆行爲產生嗎？如果他能借此敲打一下王雙河，競標的結果說不定就會發生大逆轉。你說對不對，南哥？」

蘇南高興地說：「你這個傢伙啊，主意出得可真是夠絕的。」

傅華說：「阻止違規競標本來就是正當行爲啊。」

傅華和蘇南又東拉西扯說了會兒閒話，兩人就分手了。

傅華回到家裏，鄭莉還沒睡，問他：「南哥找你做什麼啊？」

傅華說：「他想耍心機，反而吃癟了，就找我問主意。」

鄭莉有趣地說：「南哥那個人挺穩重的，會耍什麼心機啊？」

傅華就講了蘇南想和鄧子峰聯手作局，讓齊東市把新機場項目交給蘇南承建的事。

鄭莉聽完，有點不相信的說：「傅華，不會吧？南哥是不是太緊張了些？省長這麼關注的項目，下面的幹部還敢這麼上下其手，他們的膽子也太大了點吧？」

傅華不以爲然地說：「怎麼不會啊？南哥絕對不是緊張過度，項目到就要截標的時候，的確是不應該這麼平靜的。你知道這個項目有多少利益牽涉在其中嗎？足夠讓相關的領導幹部瘋狂到不顧省長警告的程度了。」

鄭莉發問說：「他拿到這些利益又怎麼樣呢，既然省長這麼關注，如果省長不滿意結果，一定會追查下來，恐怕他就是拿到了好處也保不住。再說，你們這個鄧省長也真是的，既然他想照顧南哥，索性就把話講白一點就是了。」

傅華笑說：「問題就是他還想維護自己清廉的形象，所以怎麼也不會跟下面講要照顧誰的那種話的。」

鄭莉不屑地說：「你們官場上的人真是虛僞。」

傅華無奈地說：「沒辦法，不虛僞不行啊，現在官場上都是這個樣子的，你看看哪一個層級的官員講話不是道貌岸然的啊？難道他們會說：我要貪污了，我要受賄了？雖然他們心中是這麼想的，但是絕對不會這麼說。現今這個社會已經混淆到讓人真假難辨的程度了，你都不知道那些領導幹部們說的話是真是假，有時候，越是聽起來正氣凜然的話，你越會懷疑他是在講假話。」

說到這裏，傅華忽然感覺很無趣，就像鄧子峰這樣，說話正氣凜然的，還曾經責備他，認爲他太消極，他還以爲東海省來了一個很正派的省長。但是接觸久了，他才發現那些正氣凜然的話不過是鄧子峰政治上的操作手法而已，歸根結底，鄧子峰也和其他領導一樣，是個想盡辦法維護自身地位的一個政客而已。

好在鄧子峰本身倒還算自愛，沒有什麼出格的行徑讓人不可接受，傅華勉強能接受去跟他做朋友。

但是鄧子峰卻打掉了他最後僅存的一點對這個社會的道德信念。如果像鄧子峰這樣高層次的官員，都可以爲了自身地位不擇手段的去操弄，那這個社會還會有什麼人在堅守道德底線呢?!

幾天後，傅華正在駐京辦辦公，曲煒打電話來，問他知不知道蘇南來東海省。蘇南找他喝茶後，兩人就沒再聯繫，傅華還真的是不知道蘇南的行蹤。

對曲煒這個問題，傅華覺得需要先想清楚才能回答。現在曲煒跟的是省委書記呂紀，跟鄧子峰有著微妙的博弈關係，如果他話說的不合適，很可能會挑起呂紀對鄧子峰的不滿，蘇南這次的競標可能就會因此失敗，於是說道：

「市長，我並不清楚蘇南的行蹤，不過我知道他在爭取齊東市機場的承建權，想來他去齊東市是爲此而去的吧。」

曲煒說：「這我知道，他約見了齊東市的市長王雙河。不過鄧子峰和蘇南不是一直標榜要依法公正的去競爭這個項目的嗎，怎麼突然改變了策略，想要去接觸領導了呢？」

傅華忽然有一個不好的預感，曲煒爲什麼會突然關心起這件事來了？難道呂紀方面也有人在爭取這個項目？如果真是這樣，那對蘇南來說就很不妙了。

傅華很想問曲煒究竟呂紀有沒有參與這個競標，但是這麼問就太著痕跡了，只好含糊說道：「這我就不清楚了，蘇南只是在競標之初向我徵求過一些意見，之後就沒跟我談起這件事。誒，市長，你爲什麼要問我這些啊？」

曲煒沒有想到傅華這是在探他口風，隨口說道：「也不是爲什麼，王雙河跟我關係還不錯，他對蘇南突然跑去齊東市感到很奇怪，不知道蘇南是有什麼想法，就打電話跟我討主意。我知道你跟蘇南和鄧子峰走得很近，以爲你知道蘇南是爲什麼突然跑去齊東市的，就打電話給你問問看。」

傅華聽了說：「原來是這樣啊，我還以爲蘇南去齊東市對您有什麼妨礙了呢。」

曲煒不疑有他地說：「會妨礙我什麼啊，我手裏又沒有什麼建設公司要去承建項目。」

聽曲煒這麼說，傅華暗自鬆了口氣，看來振東集團還有機會勝出，否則蘇南只有認輸的份了。

曲煒接著又說道：「傅華，你那個朋友還挺有本事的，居然真的能將那個案子從東海省高院調上最高法院去處理，搞得現在孟副省長見了我都臉不是臉，鼻子不是鼻子的。」

傅華沒想到于立和賈昊這麼快就收買了巴東煌，便說：「我那個朋友找到了最高法院新近提拔起來的巴東煌副院長，能把案子調上最高院去處理，估計是巴東煌的力量。市長，不好意思啊，我本來只是想讓您幫我問一下情況的，沒想到給您惹了這麼多麻煩。」

曲煒笑笑說：「沒事，我又不怕孟副省長。好了，傅華，我有事要忙，就不跟你聊了，掛了。」

曲煒掛了電話後，傅華想了一下，覺得既然曲煒和呂紀都沒有參與這個機場項目，那問題可能是出在王雙河身上了。王雙河的表現也符合這一點，如果不是心虛，他又怎麼會蘇南一去齊東市，他就打電話跟曲煒討主意呢？不知道蘇南有沒有察覺到這個？

傅華就撥電話給蘇南，說：「南哥，你真的跑去齊東市見王雙河了？」

蘇南笑說：「是啊，我覺得你說的很有道理，所以就跑來見王雙河。實地看一看，總比悶在家裏瞎想好的多啊。」

傅華說：「那你察覺到什麼沒有？」

蘇南回說：「我覺得王雙河應該有問題，他看我的眼神躲閃不明，一定是有什麼事是他不想讓我知道的。看來，他可能真的答應某家公司了。」

傅華又說：「那你找到這家公司沒有呢？」

蘇南說：「我還在找，鄧叔幫我介紹了一位齊東市的副市長，我一會就約這個副市長見面，我想他會告訴我王雙河究竟答應了哪家公司。」

傅華聽了說：「看來一切都在南哥的掌控之中了。」

蘇南笑笑說：「這還要感謝你出的好主意，行了，等回北京，我再請你吃飯表示感謝吧。」

海川市，市長辦公室。

孫守義坐在辦公室裏，神情顯得有點鬱悶。

有人說，只有在借錢的時候才知道誰是真朋友，現在看來還真是至理名言。他跟幾個關係還不錯的朋友開口借錢，結果卻並不令人滿意，原本他預期能借到三十萬，可以給劉麗華在海川稍微偏遠的地方買套房子付頭期款，結果真正借到手的僅僅有十萬塊而已。

孫守義心中倒也沒有怪朋友的意思，他也知道朋友有難處，這幾個朋友都是白領薪水族，收入有限。他也不敢大張旗鼓的借錢，害怕被沈佳知道；而那些真正有錢的大款朋友他又不想開口，擔心以後他們會找他辦些不該辦的事情。

真正讓他鬱悶的是，他一個過手億萬資金的海川市市長，居然會被這小小的幾十萬給難住了。昨天他跟束濤見面時，差一點就忍不住跟束濤開口，幸好他最後還是忍住沒把借錢的話說出口，否則錢的問題解決了，但是更大的隱患就隨之埋下了。

孫守義跟束濤見面，是因為在氮肥廠地塊發表招標公告後，真的就有來自齊州的一家叫做「鑫通集團」的開發公司來買標書。據瞭解，這家集團曾經幫省財政廳做過工程，顯然曲志霞要打招呼的就是這家公司。

孫守義明白曲志霞並沒有放棄，想要幫她的朋友來爭取這個地塊的開發權，就約了束濤，把這個消息告訴束濤，要他把相應的準備工作做得更仔細一點，因為曲志霞很可能會利用常務副市長的身分，從中作些小動作，影響競標結果。

孫守義叮囑說：「束董，我和金書記雖然都支持由你來開發這個項目，但是我們也不好公開跟曲志霞翻臉，所以無法公開的聲援你，所以你要有個心理準備，這次的競標，你恐怕要多出點力為自己爭取了。」

束濤說：「市長，只要您和金達書記能支持我，這一仗我就已經贏了一半了，剩下的一半我再贏不下來，那我這些年的商場算是白混了。所以您放心，如果我真輸了，我只會怨我自己沒本事，不會怪您和金書記的。」

孫守義搖搖頭說：「束董，你沒理解我的意思。我的意思是說，這一仗你必須打贏才行。一是我和金書記都希望這塊土地用海川本地公司來開發，把利潤留在海川；二是，我和金達書記都拒絕了曲志霞的要求，如果到時候真的被鑫通集團拿走，我和金書記都會臉上無光的，曲志霞也會瞧不起我們，這關係到我和金達書記的面子，你明白嗎？」

這確實是一場暗中的權力角逐，如果到時候曲志霞贏了，人們會覺得曲志霞可以決定海川的資源分配，曲志霞就會成爲實權人物。而金達和孫守義屬意的公司沒得標，他們的權威就會受到損害，所以，這確實是一場曲志霞挑戰孫守義和金達權威的戰爭。

孫守義和金達雖然聯手，卻沒有完全占盡優勢。相反，他們受限於身分，很多方面不好插手，所以孫守義必須把話說得重一點，讓束濤充分重視這件事才行。

束濤重重地點點頭說：「我明白了，市長，我跟您保證，我一定會打贏這一仗的。」

孫守義說：「那就好，記住！一是要重視對手，二是不要讓他們抓到你什麼把柄。行了，回去好好準備吧。」

束濤趁機說：「市長，您需不需要放點資金在手邊啊，這樣您做什麼也方便一些。」束濤說時，一直看著孫守義的表情。

孫守義心想束濤一定是身上準備了一筆錢，只要他問口說要，束濤一定會毫不猶豫把錢給他，而且也不會查問錢的去處的。

這個誘惑實在是太大了，特別是孫守義現在急需要用錢的時候，這時候他才明白人要做到廉潔是多麼的不容易，他得用十二分的意志力才能把拒絕的話說出口。

束濤對孫守義的拒絕不感到意外，他知道孫守義是不想在錢財上栽跟頭，於是說：「那這樣吧，如果您覺得什麼地方需要打點了，您跟我說一聲，我馬上安排，保證不讓您有什麼牽扯。」

孫守義便笑著點點頭，說：「行，束董，需要的時候我會跟你說的。」

當晚劉麗華打電話讓他過去，孫守義也推說有事走不開，拒絕了。

孫守義這邊心情正鬱悶著，卻還有來湊趣的。秘書打電話進來，說東海省日報記者顧明麗在外面等著，說有點急事要見他。

孫守義有點不高興，很不想跟顧明麗見面。自從他知道顧明麗和何飛軍的曖昧關係後，不知道怎麼了，他總覺得這個顧明麗一定會惹出什麼麻煩來，就想躲開這個女人。

孫守義不耐煩的說：「她有沒有說究竟是什麼事啊？」

秘書說：「什麼事情她沒有說，不過她說您知道是什麼事。」

孫守義的頭嗡地一聲大了，不用說一定是她跟何飛軍的事了，真是越怕什麼就越來什麼。孫守義心頭冒火說：何飛軍這個王八蛋，你安撫不住女人就別玩，讓她找到我辦公室來算是怎麼一回事啊！但是他還不得不見顧明麗，他擔心如果不見顧明麗，顧明麗會在市政府鬧起來，場面更為難看。

只好先接見顧明麗再說，看看她想要說什麼，孫守義無奈的對秘書說：「你讓她進來吧。」

秘書就帶著顧明麗進了孫守義的辦公室。

孫守義看到顧明麗，笑著迎上去說：「顧記者，什麼風把你給吹來了？」

顧明麗瞥了孫守義一眼，說：「有件事情我解決不了，需要麻煩市長出面幫我解決一下。」

孫守義把顧明麗領到沙發上坐下，一邊說：「顧記者真是客氣了，誰不知道你們記者神通廣大啊，我這個市長也得看你們的臉色行事，生怕什麼事情做得不好，被你們給捅到媒體上，我就得灰頭土臉了。」

秘書來給顧明麗倒上茶，退了出去，辦公室裏只剩下顧明麗和孫守義兩個人，顧明麗這才吐露說：「市長，我要找您投訴何飛軍，他玩弄我的感情，這事只有你能幫我了。」

孫守義心往下沉，麻煩果然找上門來了。

他看了看顧明麗，略微沉吟地說：「顧記者，我不懂你什麼意思，你說這事只有我能幫你，我能幫你做什麼啊？」

顧明麗看著孫守義說：「市長，我和何飛軍的事，你都知道的……」

「等等，」孫守義打斷了顧明麗的話，說：「顧記者，你先把話說明白了，你說你和何飛軍的事我都知道，你們之間是什麼事啊？我都知道什麼啊？」

孫守義這是故意裝糊塗，因爲他不能承認知道顧明麗和何飛軍私下有不正當的關係卻置之不理，只好做出一副不知情的表情。

顧明麗不滿地說：「市長，您別裝糊塗了，那天你不是在海川大酒店見過我嗎？」

孫守義不悅地說：「顧記者，你把話說清楚，我裝什麼糊塗了？我那天是見過你，但是不代表你們有什麼事我都知道吧？」

顧明麗眼睛瞪大了起來，說：「你不知道？騙誰啊？何飛軍都跟我講了，說他第二天就跟你承認了他跟我的關係。」

孫守義冷笑一聲說：「他是跟我說了你們有不正當的關係，但是我很明確的告訴他，你們的私事我不會管，我也沒問你們究竟是怎麼一回事，所以你也別說給我聽，我不想管。」

顧明麗一下愣住了，看著孫守義說：「市長，您怎麼能這樣子不負責任啊？何飛軍根本是玩弄我的感情，您知道嗎？他在酒後將我強暴了，卻想不負責任！這樣的下屬你都不管，這世界上還有公理嗎？」

孫守義十分詫異，何飛軍會有這種膽量把顧明麗強暴了嗎？看上去不像啊，那天明明是顧明麗自己跑去海川大酒店見何飛軍的。如果真是用強逼迫，顧明莉怎麼還會去跟他幽會呢？

孫守義猜想一定是顧明麗跟何飛軍發生了什麼衝突，顧明麗因爲生氣，才污蔑何飛軍強暴她，好逼他出面向何飛軍施壓。

孫守義有些不齒顧明麗的行爲，你跟一個有婦之夫發生婚外情已經是不對的了，現在還反咬說人家強暴了你，簡直是無理取鬧嘛。

孫守義冷冷的看了顧明麗一眼，說：「顧記者，這世界上一定有公理，也一定會有主持公道的人，但這個人不應該是我。你是一個記者，肯定也跑了不少社會新聞，應該知道遇上這種事要找誰處理的。」

「我不知道，」顧明麗歇斯底里地叫了起來：「你是市長，何飛軍是你的下屬，這件事情你就應該管。」

孫守義笑了起來，說：「你想讓我管是吧？行啊，那我管。你說是何飛軍強暴你的是吧，這可是刑事案件，需要公安部門處理，說吧，你是自己去報案呢，還是我讓公安局派人過來做筆錄啊？」

顧明麗愣在那裏，好半天才說：「市長，您真準備把何飛軍送進公安局？」

孫守義正色說：「當然啦，他強暴了你不是嗎？這可是重罪，我包庇他也是犯罪。你看是我通知公安局，還是你自己報案啊？」

顧明麗態度軟化了下來，說：「可是我手裏並沒有什麼證據，市長。」

孫守義臉色越發難看了，對顧明麗說：「顧記者，沒有證據你說什麼啊？你應該知道造謠污蔑也是犯罪的。」

顧明麗還想強辯說：「可是市長……」

孫守義打斷了顧明麗的話，說：「顧記者，你不用跟我可是了。我跟你這麼說吧，如果你覺得何飛軍的行爲構成了犯罪，你就去公安局報案好了；公安局如果袒護他，你可以再來找我申訴。如果你覺得何飛軍的行爲構成違紀，市裏也有紀律調查部門，你可以去那邊反映情形。如果你說的內容屬實，紀委肯定會秉公處理的。你該怎麼辦就怎麼辦去吧，我還有工作要忙，請你離開。」

顧明麗還想說什麼，這時何飛軍匆忙敲門走了進來。

孫守義看他一臉急色，知道他是得知顧明麗來，怕顧明麗把他們的事情鬧出來，所以才匆忙找來了。

何飛軍一進門就說：「對不起啊市長，我沒想到明麗會鬧到你這裏來，我馬上就把她帶走。」

孫守義沒有說什麼，只是一臉惱色的看著何飛軍。

何飛軍尷尬的笑了笑，然後衝著顧明麗說道：「明麗，別鬧了，市長還要辦公呢，我們有什麼意見出去再談。」

顧明麗瞅了何飛軍一眼，說：「你願意跟我談了？你不是說再也不理我了嗎？」

何飛軍越發的尷尬，說：「行了行了，明麗，市長還看著我們呢，我們別妨礙他了。」然後連拉帶拖的將顧明麗帶出孫守義的辦公室。

孫守義只是冷眼旁觀地看著這對男女，一句話都沒說。

過了一會兒，何飛軍再次敲門，畏畏縮縮的走了進來，陪笑著說：「市長，對不起啊，那個女人她太不懂事了。」

「何飛軍，你把我這裏當什麼了？」孫守義臉色鐵青，一拍桌子站了起來，指著何飛軍罵道：「你沒那個本事就不要搞這些花花事出來，你和這個女人想幹嘛啊？你想進牢裏去早點跟我說，她不是說你強暴她嗎？要不要我馬上打電話給公安局啊？」

從到海川以來，孫守義在下屬面前一直都是溫文爾雅的形象，就算是批評屬下，也很少說太重的話，這還是第一次發這麼大的火。

何飛軍被罵得滿臉漲紅，低著頭，一聲都不敢吭。

# 第七章

# 小巫見大巫

「其實他這還不算是十分怪異的，更怪異的都有呢。」傅華早已見怪不怪地說。

喬玉甄不敢置信地說：「原來現在的官員都是這副德性啊，真夠噁心的。看來巴東煌的行為反而是小巫見大巫了。」

孫守義又說道：「我不是警告過你嗎，你私下要怎麼荒唐我不管，但是你不要把事情鬧大，鬧大了就是逼著我要來處理你了。今天這個顧明麗跑來是什麼意思啊？過一會兒你老婆會不會也來跟我鬧啊？你要不要我現在就跟金達書記通報一下你的所做所為，看看市委需不需要研究一下怎麼處理你啊？」

「千萬不要啊，市長！」何飛軍可憐兮兮的央求道：「我也不想啊，是這個女人非逼著我跟我老婆離婚娶她，您知道，我肯定不能那麼做的。這個女人看我老是不答應，又知道您曉得了我跟她的關係，以為可以找您幫她處理這件事，才找來的。」

「你給我閉嘴，」孫守義毫不客氣的訓斥道：「我不想知道你這些破事，何飛軍，我還是那句話，你跟她私下怎麼處理我不管，就是不要把事情鬧大了。如果顧明麗再有一次找到我這裏來，我直接就把你們倆交到紀委去處理。」

何飛軍急忙道：「不會了市長，一定不會了，我一定會安撫好顧明麗不再鬧事了。」

孫守義瞪了何飛軍一眼，說：「趕緊給我滾，別站在那兒惹我心煩。」

何飛軍就趕忙離開了。

孫守義站在那裏，一副餘怒未息的樣子，現在顧明麗和何飛軍跑來他辦公室這麼一攪合，八成海川街頭巷尾立刻就會瘋傳兩人的小道八卦來了。

孫守義倒不擔心何飛軍的老婆會找上門來跟他鬧，現在的官太太多半會選擇忍氣吞

聲，知道鬧事的話，老公很可能就會丟官罷職。

孫守義擔心的是金達、于捷這些人會怎麼看這件事？他們會不會拿這件事情做文章，可就很難說了。尤其是于捷，最近他一再在他手裏受挫，會不會借此機會興風作浪，試圖扳回一城呢？

另一方面，顧明麗的行為也給孫守義敲響了警鐘，女人在跟你恩愛的時候，你說什麼就是什麼，溫順乖巧的像隻小貓咪；但是一旦翻起臉來，卻是什麼事情都做得出來。就像顧明麗這樣，對何飛軍逼婚不成，居然污蔑何飛軍強暴她，難怪古語說最毒婦人心，真是太可怕了。

由此，孫守義不禁聯想到劉麗華身上，劉麗華會不會也像顧明麗一樣，翻臉時也咬他一口呢？

這也不是一點都不可能的，雖然劉麗華一直在他面前說她什麼都不要，但是孫守義心中卻明白，這世界上是不存在什麼都不要的女人的。

現在劉麗華是在跟他熱戀中，正是情人眼中出西施的時候，他做什麼都是對的，但是這種熱情一旦過去，她的需求就會隨之而來，一旦他無法滿足她，隨之而來的後果就很難想像了。

他是不是該想辦法打發了劉麗華呢？孫守義心中浮現出這個念頭。不過隨即他就搖搖頭否定了。他還迷戀著劉麗華青春的肉體，下不了一刀兩斷的決心；再說，即使要分手，也要先給劉麗華作出能讓她接受的安排才行。

看來還是得先把房子的頭期款三十萬給搞定了才行，這樣就可以讓劉麗華覺得他對她很好，在一定的時間內，劉麗華便不會跟他鬧彆扭。

迫不得已，這筆錢只好向傅華張口了。傅華在孫守義的朋友圈裏算是個有錢人，調動個幾十萬的頭寸應該是沒問題的。而且傅華行事風格不失爲是個君子，他也比較放心。於是孫守義撥通了傅華的電話。

「傅華，有件事我需要你幫我個忙。」孫守義開口說。

傅華說：「市長，什麼事啊？」

孫守義說：「是這樣子，我一位朋友做生意需要三十萬的資金周轉，你看能不能先幫我一下？」

孫守義想，一事不煩二主，既然跟傅華開口了，索性就全部從傅華這裏借好了。至於他從別的朋友那裏借到的十萬塊，他準備退還回去。

傅華爽快地說：「行啊，您把卡號給我，我匯給您就是了。」

孫守義嘆說：「還是你這個傢伙有錢啊，三十萬連猶豫都沒猶豫就要匯給我了。」

傅華笑說：「三十萬也不算是很多，這點錢我還是有的。」

孫守義心中不由得有點悲哀，他這個堂堂的市長手裏，居然連這不算很多的三十萬都沒有啊。

孫守義就告訴傅華他的卡號，然後交代說：「這件事你可不要跟你沈姐說啊，這是我幫一個私人朋友的忙，我不想讓她知道。為了保險起見，你也不要告訴鄭莉。」

傅華沒往別的地方多想，就笑笑說：「好，市長放心好了，這件事我不會對任何人講的。」

傍晚，孫守義查了一下自己的戶頭，三十萬已經匯進來了。

拿到這筆錢，孫守義覺得可以去見劉麗華了，於是就打電話給劉麗華，告訴他晚上要過去。

晚上，孫守義出現在劉麗華的房間裏。一場激戰後，兩人偎依在一起。孫守義輕輕撫摸著劉麗華滑膩的肌膚，說：「小劉，錢我已經借到了，夠交頭期款了，你可以去找一間小套房，所有人就寫你的名字吧。」

「是嗎？」劉麗華驚喜地說：「那我們就可以有一個不受打擾的小窩了。謝謝你，守義，我太高興了。」

孫守義笑說：「傻瓜，謝什麼啊，這是你應得的，可惜我能力有限，沒辦法一下子付清全款。」

劉麗華高興地說：「這已經很好了，真的，別的你就不要再操心了，我能解決的。」

孫守義說：「小劉，有時候我覺得對你真是很愧疚，我雖然是個市長，卻沒有給你帶來太多的好處，你會不會生我的氣啊？」

劉麗華深情地說：「不會的，我要的不是別的，是你這個人。你知道嗎，我最喜歡看你在臺上講話的樣子，讓我整個人都為你著迷不已。有時我忍不住在想，我能擁有這麼帥的男人，簡直是太幸福了。」

孫守義聽了，笑說：「好啦，叫你說的我都覺得肉麻了。」

劉麗華笑笑說：「我就是喜歡你嘛，不行啊？」

孫守義說：「行行，你要怎麼樣都行。」

「這可是你說的，我要怎麼樣都行。」劉麗華說著，就又爬到孫守義身上去熱情的撩撥，孫守義身體再次被喚醒，兩人就又折騰了好一陣子才停。

完事後，孫守義疲憊至極，昏昏欲睡，劉麗華卻還熱情未退，偎依在他懷裏絮絮叨叨的說著話。

劉麗華說：「守義啊，我怎麼聽說今天有個女記者上你辦公室鬧事去了，這是怎麼回事啊？」

孫守義心裏一驚，這消息傳得也太快了吧，剛剛發生不久的事，居然連下面的局委都傳遍了，真是好事不出門，壞事傳千里啊。

孫守義點點頭說：「是有這麼回事，情形也跟你說的差不多，不過小劉，你可不要跟著去傳這些事，聽聽就好了。」

劉麗華說：「我不會去傳這些事情的，我跟你說這個，只是因爲我聽同事說，何飛軍是你用起來的人，這次出這種事，一定會讓你顏面盡失，我就有點擔心你。」

孫守義聽了，說：「何飛軍也說不上是我用起來的，他本來就是副市長，我只不過調整了一下他的分工而已；再說，他的事情還輪不到我給他負責。」

劉麗華說：「那倒是。不過那個顧明麗也是的，鬧什麼啊，又不是不知道何飛軍家裏有老婆，既然願意跟他在一起，就該本分一些，接受這一切的。」

孫守義意有所指的說：「她是想得隴望蜀嘛，覺得自己可以取而代之。小劉啊，有一天你會不會也有這種想法啊？」

劉麗華怔了一下，看著孫守義說：「怎麼，你擔心我有一天也會逼你離婚嗎？」

孫守義被看得有點心虛，他確實是在試探劉麗華，既然劉麗華把問題挑明了，他也不想回避，便說：「不擔心是假的，你這麼年輕漂亮，應該有更好的未來。如果我們一直這樣下去，你的大好青春就被我消耗完了，豈不是很不値？」

劉麗華搖搖頭說：「守義，你怎麼就是不能理解我的心呢？我要的是你這個人，而不是什麼婚姻形式。就算你跟我進入婚姻又怎麼樣呢?到時候你會不會也把我放在家中，在外面找新的情人呢?」

孫守義尷尬地說:「這個我還真沒想過。」

「你沒想過，是因爲你現在有我。你就老實承認吧，男人都是下半身的動物，沒幾個對漂亮女人不動心的，其實顧明麗真是很傻，何飛軍就是真的娶了她又怎樣呢，如果何飛軍不愛她，還不是一樣會找新的情人?!婚姻不過是一種無用的契約形式而已，男女如果不相愛了，婚姻反而是一種桎梏。」劉麗華若有所思地說。

孫守義沒想到劉麗華的想法會這麼前衛，不禁說道:「小劉，你是真的這麼想，還是只是爲了讓我安心才這麼說的?如果僅僅是爲了讓我安心，那就沒必要了，我不想你爲了我委屈自己。」

劉麗華笑說:「爲了讓你安心委屈自己，我還沒那麼偉大!守義，我都跟你說了，我是真的喜歡你，在我喜歡你的這個期間，你能在我身邊，我就很幸福了;如果有一天我不喜歡你，或者你不喜歡我了，大家就明說，然後各奔東西。你說好嗎?」

孫守義忽然覺他有點無法理解這些年輕的女孩了，她的想法與他的習慣思維有很大的差異，難道這就是所謂的代溝嗎?不過劉麗華如果真的這麼想，對他未嘗不是一件好事。

孫守義搖搖頭說:「小劉，我有點理解不了你的想法，不過老實說，這對我卻是很有利的。」

劉麗華笑說：「這就是我覺得你這個人還不錯的一點，起碼你不虛僞。你之所以理解不了我的想法，其實是你的大男人主義在作祟，你覺得你睡了我，就是占了便宜，我吃虧了。其實你這樣想是大錯特錯，你睡我的同時，未嘗不是我也在睡你，這是一種對等的關係，沒有誰占了便宜的說法。」

孫守義忍不住說：「什麼你睡我我睡你的，你再這麼說下去，我心裏會很不舒服的。」

劉麗華笑笑說：「行，我不說就是了。我睏了，要睡一會兒。」

劉麗華一說睏，孫守義也覺得渾身疲憊，兩人就相擁著睡了過去。

不知道過了多久，猛地一陣鈴聲炸響，睡夢中的孫守義嚇得一哆嗦，馬上坐了起來。鈴聲還在不斷地響著，劉麗華也被驚醒了，伸手按停了鬧鐘，疲倦地說：「守義，到了你要離開的時間了，你自己走吧，我要繼續睡了。」

孫守義想起那次他睡過頭，差點出不了劉麗華家門，於是趕忙穿好衣物，匆匆趕回住處。

早上上班時，孫守義在自己的辦公室轉了一下，就去了金達辦公室，今天有例行的書記會。

在過去的路上，孫守義心中猜測金達和于捷會不會在會議上問昨天顧明麗鬧事的事。照孫守義的猜測，就算金達不問，于捷恐怕也會問的。一旦他們問了，自己要怎麼回答呢？是如實講，還是儘量替何飛軍說話呢？

孫守義有點左右爲難，于捷如果真的問起這件事，一定會緊抓不放的，恐怕想包庇也包庇不了。孫守義心中忍不住又罵了句娘，這個何飛軍就是會給他找難題。

到了金達辦公室，金達正在批閱文件，副書記于捷還沒到。孫守義就去金達對面坐了下來。金達抬起頭看看孫守義說：「我們等一下老于吧。」

過了十多分鐘，于捷到了。

他一來就嚷嚷著說：「市長，我怎麼聽說昨天有女人去你辦公室鬧事，究竟怎麼回事啊？」

孫守義心想：你這不是明知故問嗎？怎麼一回事你會不清楚？雖然心中不滿，但是孫守義也不能衝著于捷發作，於是說：

「老于，你快別說了，這件事可真是讓我夠窩火的，何飛軍這傢伙，看上去挺老實的一個人，竟然也搞出跟女人勾三搭四的事情來，那個省報記者找我鬧，就是爲了跟他的這些爛事。這不是莫名其妙嘛，我又不管這些，她找我幹嘛啊。金書記，我可把這件事情跟您和老于說了，要怎麼處理，你們拿個主意吧。」

既然于捷已經提起，孫守義知道事情瞞不住，索性全盤托出，反正目前來看，何飛軍頂多是私生活作風問題，大不了給個行政處分。既然這樣，就讓于捷和金達來拿主意怎麼去做吧，這樣他也可以避開做惡人。

金達看了看兩人，說：「這件事我也聽說了，老孫、老于，你們看應該怎麼處理啊？」

孫守義說：「金書記，這件事我就不參與意見了，你和老于作出的任何決定我都同意。這件事我最好回避，現在外面已經有耳語說何飛軍是我用起來的人，說我會爲了自己的顏面包庇何飛軍。」

金達詫異地說：「沒那麼嚴重吧，老孫？」

孫守義說：「怎麼不嚴重啊，眾口鑠金，我還是避嫌比較好。」

金達就轉頭問于捷：「那老于，你覺得應該怎麼處理好呢？」

于捷沒想到孫守義會絲毫不維護何飛軍，還回避對何飛軍的處理意見，真是有夠狡猾的，這樣等於讓他做惡人了。

于捷在心中很快的做了政治盤算，如果他追著何飛軍不放，何飛軍頂多因爲私生活不檢點受到一些行政處分罷了；這對何飛軍與孫守義來說僅僅只能傷皮毛，根本就動不了筋骨。

但是如果放過何飛軍，同時把孫守義支持處分何飛軍的態度給公開的話，就會讓何飛軍對孫守義產生不滿。做主子的不去維護他的親信下屬，還主動要求給予處分，不知道傳到做親信的何飛軍耳朵裏會作何感想？想來心裏不會高興吧？

于捷權衡了一下，覺得讓孫守義和何飛軍產生嫌隙對他更有利一些，於是笑笑說：「金書記，雖然孫市長展現出不護短的無私精神，要我們倆商量如何處理何飛軍，但是這種事我們要怎麼處理啊？除了孫市長講的情形之外，又沒有人向紀檢部門反映何飛軍的問題。就算我們要處置何飛軍，手裏也沒有依據啊？所以叫我說啊，多一事不如少一事，只要沒人來鬧騰，我們就不要去管他好了。」

于捷這麼說，孫守義不由得怔了一下，他沒想到于捷居然肯放過何飛軍，同時還反咬一口，話裏話外的意思倒成了他要抓住何飛軍作風問題不放了，好像何飛軍的問題是他講出來的一樣。這讓孫守義馬上就陷入一個尷尬的境地。

金達沉吟了一會兒，看了看孫守義說：「老孫，我覺得老于說的也有道理，現在也沒有人來市委反應何飛軍的問題，出於愛護部下的角度，市委也不好沒有什麼明確依據就去對何飛軍展開調查，你說呢？」

按金達的想法，贊同于捷的意見，起碼維護了孫守義的面子。

孫守義心中直叫苦，又不能說什麼，他有言在先，說會接受金達和于捷商量出來的處分，只好說：「金書記，我還說什麼呢，我一開始就表明態度了，接受你們做出的任何決定。」

金達就笑笑說：「那何飛軍這件事就這樣吧。不過，市委雖然暫時可以不管這件事，對何飛軍卻不能就這麼放縱下去。老孫啊，何飛軍畢竟是你們市政府的人，這樣吧，你好好找他談談，讓他行為檢點些，不要再搞出這些亂七八糟的事情來了。」

孫守義本來還想把麻煩推到于捷身上去的，結果到最後麻煩還得他自己處理。便苦笑了一下，說：「行啊，金書記，只要你們不覺得我是在袒護何飛軍，那我去找他談談當然沒什麼問題。」

說話時，孫守義瞟了于捷一眼，于捷嘴角微微一撇，顯然是在譏諷他言不由衷。孫守義不由暗自鬱悶，他知道跟于捷這次的交鋒，他算是完敗了。

之後，金達便放下何飛軍的話題，正式開始進行原定的議題。彼此交換了一些市政議題的看法，半個多小時後，會就開完了。

開完會，孫守義說：「老于，你先走吧，我有事情要跟金書記談談。」

于捷看了孫守義一眼，離開了金達的辦公室。

金達對孫守義說：「老孫，那個何飛軍你真是要好好管管了，這次幸好老于沒有揪著不放，否則不給他一個什麼處分，你和我都不好交代的。」

孫守義點點頭說：「我真是沒想到何飛軍會做出這樣的事來，搞得我也是一肚子火。

不得不承認，您看人還是比我看得準啊。」

金達笑說：「我看不看得準那都是枝節問題，關鍵是他不要再惹出什麼麻煩來才行，如果再鬧出什麼事來的話，恐怕就是你想要保他，也保不住的。」

孫守義忿忿地說：「那他就是自作孽不可活了。算了，我們不去說他啦。我留下來是想告訴您一件事，曲副市長跟我們說的那個朋友，是一家叫做鑫通集團的開發商，看來她是準備真的幫她的朋友拿氮肥廠那塊地了。」

金達眉頭皺了一下，說：「我這個老同事真是個不達目的不甘休的主兒啊，行了，這件事我知道了。」

金達只說了句知道了，就不肯再說別的了，孫守義明白金達也不好再說什麼，反正他的目的達到了，他只要金達瞭解情況，不跟他站在對立面就行了。

孫守義就站起來，告辭說：「那金書記，我回去了。」

金達說：「行，你回去吧，別忘了好好訓訓何飛軍。」

孫守義苦笑了一下，說：「行啊，我知道了。」

孫守義回到辦公室，就讓秘書趕緊把何飛軍找來。何飛軍本來在外面有個活動，聽孫守義找他，立馬趕了回來。

孫守義看了看一臉晦氣的何飛軍，嘆了口氣說：「老何啊，你這下子真是出大名了，沒有人不知道顧明麗爲了你跑來我辦公室鬧事的。連于捷見了我第一句話就是問我究竟是怎麼回事。」

孫守義接著說道：「不好意思啊，老何，現在這件事已經是路人皆知了，于捷逼問我，我也無法幫你隱瞞，就把你和顧明麗的事情講了出來。」

何飛軍的臉色頓時一片灰暗，不知所措地問道：「市長，那金書記想對我怎麼辦呢？」

孫守義瞪了一眼何飛軍，罵道：「你看你那個熊樣，現在知道害怕了？當初跟顧明麗上床的時候你怎麼就不知道害怕呢？好了，你不用怕成那個樣子，幸好金達書記知道你和我的關係，給我幾分面子，沒有抓住這件事不放。于捷看風頭不對，也不敢揪著不放，只好說你跟顧明麗的事沒有什麼依據，市委不好處理，於是金達書記最終決定這次放你一馬。」

孫守義這是巧妙地暗示何飛軍，金達是看他的面子才不處分他的。功勞就被他輕輕一撥，全成了他的了。而且，這樣子就算是于捷對外散佈什麼不利於他的消息，也不會讓何飛軍覺得自己是在欺騙他了。

果然何飛軍感激涕零的說：「真是謝謝您了，市長。」

孫守義沒好氣的說：「你不用謝我，自己把私事處理好就行了。金達書記讓我轉告你，如果你再鬧出什麼事情來，可別怪市委對你不客氣啦。」

何飛軍趕忙保證說：「一定不會了，我已經把顧明麗給處理好了，絕不會再有什麼事情發生了。」

孫守義並不相信何飛軍真的會把事情給處理好，在政壇多年，孫守義有一個體悟，那就是當一個麻煩露出來的時候，想把它按下去，基本上是不可能的；也就是說，何飛軍可能答應了顧明麗某些條件，暫時將顧明麗給穩下來。

然而人都是貪婪的，這一刻顧明麗達到了心裏的期待，不鬧了；下一刻，她還會不斷有新的欲求，總有一天會超出何飛軍所能負荷的程度，那個時候，所有的不滿和麻煩就會來個大爆炸，徹底將何飛軍炸個粉碎。

孫守義有點可憐何飛軍，忍不住勸說：「老何，我不知道你是怎麼想的，可能我說這話也不太合適，但是我認爲你還是想辦法徹底跟顧明麗做個了斷吧。那個女人太精明了，你根本就壓不住她的。」

何飛軍想了想，忍痛說：「好，市長，我答應你，一定儘快跟她徹底了斷。」

孫守義見何飛軍答應的這麼爽快，感覺他只是敷衍的說詞，就懶得再跟何飛軍說什麼，便沒好氣的說：「行了，你回去工作吧。」

何飛軍明白孫守義對他並不是很滿意，低著頭說：「那再見了市長，我回去工作了。」

何飛軍就往門口走，在他要開門的時候，孫守義突然喊道：「你等一下。」

何飛軍停下來，轉過頭看著孫守義，問說：「市長，您還有事？」

孫守義又再叮囑道：「老何，你在顧明麗面前把嘴給我閉緊一點，別什麼事情都在她面前瞎講，尤其是我們之間的對話，如果她再在我面說一句我跟你在這個辦公室裏說的話，我一定馬上就跟市委提請給你處分，知道了嗎？」

何飛軍越發的窘迫，說：「不會了市長，我保證這裏說的話，我一個字都不會跟顧明麗說的。」就訕訕的離開了孫守義的辦公室。

北京，八爺府。

這個八爺府不是什麼雍正皇帝的那個八王爺的府邸，而是因爲這家高級會所的老闆行八，人稱八爺，才把這家店稱作是八爺府的。

不過這裏原來是屬於雍正的雍和宮，是雍正未做皇帝前的廚師的住處。據說這家店在裝修之初即定位爲官府宅院，在設計上融入了奢華與樸素的雙重元素，灰磚灰瓦、抄手遊廊、石刻磚雕、碩大的紅燈籠、隨風撫瓦的枝葉，這些既傳統又現代的元素交相輝映，置身其中，宛如走進了中國燦爛的千年文明史。坐在這樣的院子中小酌或暢飲，都是萬分愜意的事情。

今天是于立邀請傅華慶祝他的案子成功在最高法院申訴立案的感謝宴，傅華本來是不想來的，但是架不住賈昊親自出面邀請他，他不好掃了師兄的面子，只好來應酬一下。

這場宴會的主賓自然是新科的最高法院副院長巴東煌，而宴會的另一個主題就是慶祝巴東煌升遷。

巴東煌姍姍來遲，賈昊和于立立即笑容滿面的迎上去，祝賀他升遷，傅華也應景的跟他倒賀。巴東煌紅光滿面，一副春風得意的樣子，笑著跟三人握手，表示對他們祝賀的感謝。

坐定之後，于立就問道：「怎麼樣，巴副院長，我帶給您的普洱喝著還可以吧？那可是我專門給您搜集的沉船普洱，因爲用錫罐封裝，所以沒有被海水淹掉。據考據，已經有三百多年的歷史了。」

巴東煌笑笑說：「真的是很不錯，比上次你們喝的還要香。普洱就是這一點好，號稱茶中古董，越陳越香。于董啊，價值不菲吧？」

于立巴結地說：「不要管多少錢，只要您喜歡就好。」

巴東煌說：「于董啊，你那個案子我已經跟告申庭的紀庭長打過招呼了，他說會依法處理的。回頭你就去找他好了，具體怎麼操作，不用我教你了吧？」

于立笑了起來，說：「那自然是不用了。」

這時，服務員送上了一道招牌菜——怡園霸王雞，這道菜堪稱大菜，菜品之豐富、裝盤之藝術都讓人難忘。是精選上等三黃雞製作而成，搭配了雪梨、黃瓜、蘆筍、香菇、蘿蔔、蕃茄等五顏六色的食材外，竟然還有一份涼麵。

于立先拿起筷子，招呼說：「來，巴副院長，嘗嘗這道菜吧，據說這是巨星梅豔芳最喜歡的一道菜。」

巴東煌的興趣卻不在霸王雞，笑說：「原來這是梅豔芳喜歡的菜啊。說起來這梅豔芳真是可惜了，那麼年輕就過世了，她雖然長得不是天姿國色，但是別有一種韻味，想起來就讓人心動啊。」

賈昊聽了，說：「原來巴副院長還是梅豔芳的粉絲啊？」

巴東煌笑笑說：「我年輕的時候很迷戀她，可惜那時候我只是一個窮教書的，沒有機會親近她。」

傅華聽巴東煌言下之意頗有遺憾之感，似乎以他現在的權勢，如果梅豔芳還活著的話，他可以隨便就親近似的。傅華不禁暗自搖頭，這傢伙還真是有小人得志的架勢，囂張到幾乎不知道自己有多少斤兩的程度了。

于立卻說：「巴副院長，您也不要覺得遺憾，如果真的想一親芳澤，也不是沒有辦法的。」

滿桌的人都被于立給說愣了，心說梅豔芳已經魂歸天國多年，要讓巴東煌有機會一親芳澤，除非巴東煌也去天國才行吧？這于立的話也太玄了吧？

于立看大家都用詫異的眼神看著他，便笑笑說：「你們不用奇怪，影視圈裏有不少女明星號稱小梅豔芳，我幫巴副院長找個像的親近一下，豈不是就能幫他圓夢了嗎？」

巴東煌不禁搖搖頭說：「于董，雖然你的說法不錯，但是那些被稱作小什麼的，跟本尊差的可不止一點半點，不說別的，現在哪個女明星身上能有梅豔芳那種神韻啊？哎，斯人已逝，這世上再也沒有梅豔芳華了。」

這時的巴東煌居然流露出幾分文人的浪漫情調，如果不是知道他真實的所做所爲，傅華幾乎都要被他給感動了。

這時，巴東煌的手機響了起來，他看看號碼，臉色微微變了變，說：「我老婆的電話。」

巴東煌按了接聽鍵，開口就說：「我在外面跟朋友吃飯，有什麼話等我回去再說吧。」

巴東煌說完就準備掛電話，電話中卻傳出一個女人的怒吼聲：「巴東煌，你如果現在不給我回來說清楚，那你就等著給我收屍吧。」

女人的吼聲實在是太大了，傅華、賈昊和于立在一旁都聽得清清楚楚，三人面面相覷，顯得十分尷尬。

巴東煌的臉色更差，遲疑片刻，站了起來說：「我出來時老婆正跟我鬧彆扭，原本我想出來緩一下，讓她消消氣，沒想到她更走極端了。不好意思啊三位，我需要趕緊回去處理一下。」

賈昊理解地說：「您當然要趕緊回去，否則出事就遺憾了，您先走吧，巴副院長，沒事的。」

巴東煌就匆忙的離開了，包廂內剩下了傅華三人。

賈昊看向于立說：「老于，會不會是你給巴東煌介紹的那個女人讓他老婆知道了？」

于立回說：「這我哪知道啊？應該不會吧，這種事巴東煌應該不會讓他老婆知道的。」

傅華在一旁聽了，沒想到于立不僅給巴東煌買來昂貴的普洱，還送女人給巴東煌。他忍不住說：「于董，你還真是有辦法啊，又是普洱又是美女的，服務還真是到位啊。」

于立無奈地說：「好了，傅主任，你別譏諷我了。你以爲我願意嗎？我買的沉船普洱比他五十萬一兩的普洱還要貴；巴東煌有怪癖，我也是花了大錢才讓那個女人答應去服侍他的。我花這麼多錢出去是爲什麼啊？還不是爲了讓巴東煌幫我把那個案子給扳過來嗎？」

于立又嘆了口氣，道：「我沒給他弄這些之前，他對我就是這樣不行那樣不可的一味敷衍，我把這些給他弄好之後，案子馬上就被最高法院受理了。這世界上的事就是這麼簡單，錢花到位了，什麼問題都能迎刃而解的。明明我是受害的一方，被你們東海省高院給坑了，卻還要花大錢收買這些傢伙，你說我豈不是更委屈啊？」

傅華聽了也有些無語，于立說的不假，他在這個案子裏的確是受害者，卻要花錢收買法官才能爲自己伸冤，看似十分滑稽，但現實就是如此，法院未必是主持公平正義的地方。很多時候，這裏成了掌握裁決權的執法者大肆爲自己撈取好處的溫床。

像于立這種有錢有勢的人想要爲自己爭取一個公道都這麼困難，那些平頭百姓們在法院裏遇到的艱難，就更是可想而知了。

賈昊轉換氣氛說：「好了老于，你不用這樣爲自己抱屈，你怎麼不說說你佔便宜的地方啊。」

于立笑了起來，說：「好了，不說案子了，我們繼續吃我們的飯吧，不要因爲巴東煌走了就影響我們吃飯的興致。來，嘗嘗這裏的烤鴨吧，跟別處的烤鴨又是一番風味。」

「八爺府」的烤鴨，據說是餐廳進行店面整修時，意外挖出一本包在油紙裏的線裝古書——雍正年間的《御膳筆抄》，其中詳細記載了烤鴨的製作方法。餐廳便據此改良創製了這道烤鴨。

三人大快朵頤，直到晚宴結束，沒有人再提巴東煌，更沒有人想要打電話去問問巴東煌究竟發生了什麼事。

對于立和賈昊來說，巴東煌只是個被利用的工具而已，他們已經付出了相應的代價，也就沒必要去關心巴東煌究竟如何了。

第二天近中午時分，傅華正在辦公時，喬玉甄來了，笑說：「傅華，中午我請你出去吃飯吧。」

傅華說：「不行啊，我下午還有事，走不開。」

喬玉甄聽了說：「那就在海川大廈吃好了，你們這裏的飯菜還不錯。」

傅華不禁看了玉甄一眼，說：「誒，還沒問你什麼事情這麼高興，要來請我吃飯啊？」

喬玉甄嬌嗔說：「非要有什麼事才能請你吃飯啊？我覺得悶了，想找個人一起吃飯不行嗎？」

傅華笑說：「看你興高采烈的樣子，可不像很悶，一定有什麼原因。」

喬玉甄這才說：「如果非要我說原因的話，那就算是我幸災樂禍好了。」

傅華好奇地問說：「幸災樂禍？是誰倒了楣讓你這麼高興啊？」

喬玉甄說：「你還不知道啊？昨晚巴東煌的老婆鬧情緒，要從家裏的陽臺上跳樓自殺，巴東煌怎麼勸都勸不住，最後有人報警，警察出現了，才把他老婆給勸住了。」

傅華恍然大悟說：「原來昨晚上的事鬧得這麼大啊？真是沒想到他老婆的脾性這麼烈。」

喬玉甄看了傅華一眼，說：「原來你知道啊？」

傅華解釋說：「昨晚本來是于立請巴東煌的客，結果剛開始不久，巴東煌就接到他老婆的電話，威脅他如果不趕緊回去，就讓他直接去收屍。當時我們都覺得他的老婆是鬧鬧彆扭罷了，沒想到會鬧得這麼大。」

喬玉甄笑說：「事情會鬧得這麼大，是這次巴東煌玩得太過火了。據說他老婆發現他新找了一個情人，你知道怎麼發現的嗎？」

傅華好奇地說：「怎麼發現的啊？」

「是他老婆無意間看了他的手機，發現裏面竟然有一個沒穿衣服的女人照片，更噁心的是，還有女人各種私密部位的特寫照片。你說這巴東煌是不是真的心理有毛病啊？糟蹋女人就算了，還拍照留念?!這不是擺明了告訴別人他是個變態嗎？」喬玉甄不齒地說。

傅華笑了起來，說：「小喬，你不在官場上，不明白這些官員們的心態，這其實是他們特殊的一種舒壓方式。雖然他們外表看上去很風光，但他們的心理壓力很大，他們不是不知道收受賄賂、玩女人是違法違紀的，但是又抗拒不了誘惑，在良知與違紀的雙重煎熬下，才會有那種怪異行爲。」

喬玉甄反問說：「你的意思是，巴東煌這麼做也是一種舒壓方式？」

「我覺得是，其實他這還不算是十分怪異的，更怪異的都有呢。」傅華早已見怪不怪地說。

喬玉甄不敢置信地說：「原來現在的官員都是這副德性啊，真夠噁心的。看來巴東煌的行爲反而是小巫見大巫了。好啦，不說這些了。誒，你說于立請客，是他的案子已經被巴東煌給調到最高法院了？」

傅華點點頭說：「是啊，聽他說已經在最高法院告申庭立案了，于立可是下了大本錢才立案的，估計撤銷調解書只是時間上的問題罷了。」

喬玉甄不以爲然地說：「傅華，你把事情想得太簡單了，哪有那麼容易啊？」

傅華笑說：「別人也許不容易，但是對于立來說應該不是什麼難題。你知道于立做了什麼嗎，除了買沉船普洱，他還送了一個女人給巴東煌。我想昨天巴東煌老婆發現的那個女人，很可能就是于立新送給巴東煌的新歡。」

喬玉甄鄙視地說：「這個于立真夠噁心的，居然還送女人給巴東煌，你師兄怎麼還有這樣的朋友啊？真是下作。」

傅華不禁嘆說：「其實也不能全怪這個于立，這個案子他本來是受害一方，自然想爲自己討個公道，但是用盡別的辦法都行不通時，也只好用這種下作的手法了。他這也是被形勢所逼，算是被逼良爲娼了吧？」

第八章

# 高層勾結

傅華愣了一下，不得不說喬玉甄說的很有道理。

訴訟的過程其實是個多方博弈的過程，裏面不但有于立這方，還有對手的存在。

于立可以私下跟巴東煌這樣的法院高層勾結，難道對手就不會也找別的法院高層勾結嗎？

喬玉甄嗤了聲說：「這還用逼嗎？我看是他心甘情願的。不過呢，即使這樣，也不一定能保證將這個案子扳過來的。」

傅華哦了一聲說：「為什麼，難道巴東煌的權威還不夠嗎？」

喬玉甄說：「是的，巴東煌雖然是最高法院的副院長，但是他僅僅是個副院長而已，他說的話在最高法院並沒有絕對的權威，于立想完全憑他的力量就改變案件的結果，還存在很大的變數呢。傅華，你知道打官司是牽涉到很多方面的，就說這個案子吧，他是申訴的一方，不是還有被申訴的一方嗎？現在作為申訴的一方出招了，難道說被申訴的一方就什麼都不做，傻等著他把案件給翻過來嗎？」

傅華愣了一下，不得不說喬玉甄說的很有道理。訴訟的過程其實是個多方博弈的過程，裏面不但有于立這方，還有對手的存在。于立可以私下跟巴東煌這樣的法院高層勾結，難道對手就不會也找別的法院高層勾結嗎？

傅華笑說：「小喬案，你說的很有道理，看來于立這個案子還不能太樂觀。」

喬玉甄笑笑說：「豈止是有道理啊？你想過沒有，于立為什麼在東海省搞不動這個案子？那是因為對方在東海省高院也有相當的關係，現在到了最高法院，難道對方在東海省高院的關係就不會上來幫他們活動嗎？並且，東海省高院也不會想讓這個案子翻轉的，一翻案，就等於承認他們是辦錯案了，他們也會想辦法讓最高法院不能翻案的。」

傅華佩服地說：「小喬，想不到你對法院這一塊還挺懂的。」

喬玉甄笑笑說：「我也打過官司啊，我爲什麼會認識巴東煌，就是因爲官司的事情找過他。最終的結果我並不滿意，那個案子從判決、上訴、再上訴，雙方你來我往，折騰了好長一段日子。雙方各顯神通，都動用了很多關係，最令人頭痛的是，只要你有能力找到關係，案子可以沒完沒了的打下去。對我來說，那是一次想起來都頭痛的經歷。」

傅華聽了說：「這就是纏訟了，其實這也是法律爲了公正的一種程序設定，不能說是法院系統有問題。」

喬玉甄說：「法院系統是沒問題，可是法官有問題。那些法官每個都想從你這兒撈到好處，你還不敢得罪他們，不得不給。最煩人的是，案子發回重審之後，原來的那些法官不能再參與審理，也就是說，你需要重新跟別的法官建立關係，就得再花一遍錢。傅華，你知道我那個案子最後怎麼解決的嗎？」

「怎麼解決的？」傅華笑了笑說。

喬玉甄說：「最後我實在受不了了，就在開完庭後，私下約了對方見面，跟對方說：我們各讓一步吧，把這件事給解決了。如果再這樣子繼續訴訟下去，我們掙的這點利益可能都用在打點法官上面還不夠呢。對方聽我這麼說，立時就說：你早說啊，原來他也被這個案子給煩透了。案子也就那麼解決了。」

傅華說：「幸好你夠聰明的，能夠想到這一點。」

喬玉甄笑笑說：「是啊，自從那次我就知道了，司法系統中，法院可能是最黑暗的地方，有時候你就是找了人，勾兌好關係，也不一定會得到令人滿意的結果，最好的辦法就是不要進法院。」

傅華說：「你這個辦法對于立是行不通的，他被人利用訴訟程序擺了一道，不通過訴訟程序，根本就無法解決問題。」

喬玉甄攤了攤手說：「那他只能自求多福了。時間差不多了，吃飯去吧。」

兩人就一起去下面的餐廳吃飯，傅華就讓餐廳清蒸了幾條剛從海川空運來的鮮魚，再配上白葡萄酒，喬玉甄吃得大讚美味。

吃完，也到了傅華要去辦事的時候，兩人就分了手。

傅華在外面跑了一下午，回到駐京辦已經是下班時間了，就簡單地收拾一下，準備下班回家。

這時電話響了起來，是鄧子峰的號碼，傅華愣了一下，鄧子峰這時候打電話來幹嘛，不會是蘇南競標齊東市機場出了什麼事吧。

傅華就接了電話，說：「鄧叔，找我有事啊？」

鄧子峰笑笑說：「這時候找你還能有什麼事啊？當然是吃飯啊，你今晚沒應酬吧？」

「鄧叔，你來北京了？」傅華訝異地道。

鄧子峰說：「是啊，我來北京開會，現在在省駐京辦呢。怎麼樣，來陪我吃晚飯吧？」

傅華笑說：「鄧叔您召喚我，我哪敢不去啊？只是我實在不太想看徐棟梁那副嘴臉。」

鄧子峰聽了笑說：「你是來陪我吃飯的，去看他的臉幹嘛啊？他的臉又不能當飯吃。」

傅華笑笑說：「那是。好了，鄧叔，我馬上就趕過去。」

傅華就去了省駐京辦，果然，徐棟梁見了他又是臉色很難看，傅華也不去理他，就跟鄧子峰一起去了省駐京辦的餐廳。

省駐京辦餐廳的飯菜基本上也是以東海省一些特色菜爲主，當然也少不了海川市的海鮮。

坐定後，鄧子峰點了菜，然後開了瓶紅酒，跟傅華吃了起來。

吃了一會兒，鄧子峰看了看傅華，說：「傅華，這次蘇南去齊東市，是不是你給他出的主意啊？」

原來鄧子峰找他還真是爲了蘇南的事啊，鄧子峰問這個是什麼意思？不會是對他的獻計不滿吧？傅華老實的承認說：

「是的，鄧叔。南哥去齊東市前跟我一起喝過茶，那時候他心神不定，覺得機場招標很可能會出問題，我就跟他說，與其在北京瞎想，還不如去齊東市親自看一看情況。後來我就聽說南哥去了齊東市。」

鄧子峰盯著傅華說：「真的只是去看看這麼簡單嗎？」

鄧子峰這麼問，讓傅華遲疑了一下，蘇南很可能將他的主意全盤跟鄧子峰托出了，那他就不好不實話實說了。

傅華就笑笑說：「當然不會那麼簡單，我還告訴他，去齊東市後，讓他伺機而動，盡力爭取讓振東集團得標。」

「那你讓他怎麼盡力爭取啊？」鄧子峰反問。

傅華忍不住說：「鄧叔，您是不是已經知道我給南哥出什麼主意了？」

鄧子峰笑了笑，從手提包裏拿出一份文件，遞給傅華說：「你說的是不是這個啊？」

傅華把文件接過來看了看，鄧子峰遞給他的，是一份列印好的舉報信，內容是齊東市的市長王雙河接受商人賄賂，將齊東市機場內定給某建商。舉報信雖然沒具名，但是內容很詳盡，一些細節的描述讓人一看就知道舉報的內容是八九不離十的。

傅華看完後，對鄧子峰說：「鄧叔，看來南哥完全按照我給他出的主意去做了，只是不知道鄧叔準備要拿這封信怎麼辦呢？」

鄧子峰看了看傅華，說：「主意既然是你出的，怎麼辦是不是要由你來告訴我啊？你說吧，我該拿這封信怎麼辦？」

傅華心裏有些彆扭，心說你這不是明知故問嗎？你問我怎麼辦，難道除了幫蘇南得標，還有別的選擇嗎？

傅華便直截了當地說：「鄧叔，您怎麼問我要拿這封信怎麼辦啊，難道您不想讓南哥得標嗎？」

鄧子峰用犀利的眼神看了傅華好一會兒，然後才說：「原來你是揣測我是支持蘇南得標的，才會給蘇南出這種主意的啊？」

傅華沒有退縮，他其實早就對鄧子峰積存了很多的不滿，他也直視著鄧子峰的眼睛，說：「鄧叔，難道不是嗎？」

鄧子峰有點不太習慣被傅華直視，收回了眼神，然後點點頭說：「是的，我是想支持蘇南爭取機場的承建權。」

你總算還肯承認，還沒到虛僞透頂的程度！傅華就說：「鄧叔，既然您承認了這一點，爲什麼還要來問我怎麼辦呢？」

鄧子峰不禁說：「傅華，東海省也就只有你有這種膽量，敢這麼跟我說話的。」

傅華不畏懼地說：「因爲我說的都是真話，所以才有這種膽量。您如果連聽真話的雅量都沒有了，那您也沒必要找我吃飯什麼的了。現在官場上充斥著一堆假話，您如果想聽，隨便抓個幹部來就可以聽到大把的假話的。」

鄧子峰笑了起來，說：「傅華，我怎麼聽你話中的意思，好像對我是一肚子的牢騷和不滿啊？」

傅華實在有點搞不明白今天鄧子峰跟他吃這頓飯究竟是什麼意思，是想來責備他的嗎？不論鄧子峰是為什麼而來，傅華感覺到鄧子峰對他是生氣的，於是乾笑了一下，說：「鄧叔，您請我吃這頓飯，不會是準備向我興師問罪的吧？」

鄧子峰也不避諱地說：「你猜對了，我就是來向你問罪的。」

傅華臉上有點發燙，他費了很大心思，與鄧子峰經營了很久的關係，現在看來鄧子峰有跟他撕破臉的架勢。

事已至此，傅華也不想委屈自己，他的倔脾氣上來了，就有點豁出去的說道：「鄧叔，不知道我罪從何來啊？」

「罪從何來？」鄧子峰說：「傅華，你究竟明不明白啊，你給蘇南出這些主意，可是失去底線的。你現在怎麼了，你幫謝紫閔運作項目的時候，我就覺得你好像失去了你以前所堅持的原則和信念，變得有些不擇手段了起來。這次你又給蘇南出這種主意，傅華，你的變化很大啊，這與你以前的做法可是大相徑庭，難道你已經放棄了信念，開始跟這個社會同流合污了？」

傅華覺得鄧子峰指責他的話聽來特別刺耳，這人有什麼資格這麼說他？難道說他做的每件事都是那麼堅持原則，那麼堅守信念嗎？真是夠虛僞的了。

傅華頗不以爲然地說：「鄧叔，您不覺得您沒有立場來指責我嗎？您說我給南哥出的主意沒有底線，可是我看您的樣子，是準備使用這封舉報信的。難道說我出這個主意是沒有原則，沒有信念，您用這個主意反而是有原則、有信念的嗎？這可真是太滑稽了。」

鄧子峰搖搖頭說：「你不明白，那是不一樣的。」

傅華氣憤地說：「什麼我不明白啊？現在官場還有什麼原則信念可言嗎？還不是充斥著赤裸裸的權力爭奪和利益算計嗎？說原則和信念，要麼是僞善，要麼是傻瓜，要麼是徒勞。」

鄧子峰看傅華憤憤不平的樣子，忍不住說：「哦，是什麼事刺激我們的犬儒主義者也變得憤青起來了？」

傅華苦笑了一下，說：「是這個社會讓我徹底的失望了，因爲我看到的官員們沒有一個是真的有原則和信念的。很多人認爲原則和信念只是權力的包裝，或者是虛假的意識形態，專門用來欺騙無知大眾的。所有人的行事動機都是爲了一己利益，與自利者談原則和信念，說好聽是過於理想，說不好聽，就是太過天真無知了。」

鄧子峰逼視著傅華說：「我很想知道，在你的心目中把我定位爲哪一種。」

傅華看了看鄧子峰臉上的表情，遲疑了一下說：「您真的想知道？我說了您不會生氣吧？」

「你怕我生氣嗎？」鄧子峰反問道。

傅華點點頭說：「老實說我怕，您是大省長啊，對我這個小駐京辦主任來說，是一個很大的權力地位。原本我以爲我可以從官場上掙脫出來，但是今天我意識到，官場是一個龐大無比的怪獸，在哪裡都離不開它，想要從中掙脫基本上是不可能的。」

鄧子峰笑了笑說：「我並不覺得你真的害怕我的威權，你別回避問題，回答我，你覺得我在你心目中算是什麼？」

傅華說：「您真要聽？」

鄧子峰認真地說：「真的要聽，你講吧，我保證，不論你講我是什麼，我都不會生氣，也不會跟你秋後算賬的。」

傅華又看了鄧子峰一眼，老實地說：「那我可說了。我覺得，您是屬於僞善的那一類，您把原則和信念當做權力的包裝，專門用來欺騙無知大眾。」

鄧子峰笑了起來，說：「我覺得你可能也是這麼看我的。傅華，你先回答我一個問題好不好，你心目中對政壇有沒有一個理想的標準？或者說，你期待的政治是什麼樣子的？」

傅華看鄧子峰並沒有因爲自己說他僞善就生氣，心裏放鬆了一些，看來鄧子峰雖然僞善，起碼還有容人之量。

見鄧子峰問起他理想中的政治狀態是什麼樣子，他想了想說：

「我個人覺得，理想的政治狀態是在這世界上建立合理公正的制度，藉此界定我們的權利義務，公平分配社會資源，並解決各種可能紛爭，從而確保所有人能好好生活在一起。」

鄧子峰笑了起來，說：「你這也太理想化了一點吧？你覺得這世界上會有絕對的公平嗎？」

傅華笑笑說：「那當然是不會有的。」

鄧子峰說：「既然不會有絕對的公平，那我們為什麼還把追求公平作為我們需要堅持的信念之一呢？那是因為這是普羅大眾都想要的一種狀態。如果當政者不能把這一點作為他們執政的信念之一，他們就會失去執政的正當性。這一點你不反對吧？」

傅華點點頭說：「我同意您的觀點，如果當政者不追求公正正義，那民眾就不會信服他們的管理的。」

鄧子峰說：「也就是說，有些信念雖然可能不現實，並不一定能實現，但卻是必須要堅持和去追求的。好了，談完了信念問題，我們接下來再來談如何來實現信念的問題吧。傅華，你覺得在現實的這種環境之下，如果你不使用一些手段，你能夠去追求信念的實現嗎？」

傅華笑了起來，他明白鄧子峰是想爲他使用一些不正當的手段做辯解。

傅華說：「我承認有些時候，在現實的環境中，可能是要使用一些手段的。」

鄧子峰說：「不是可能，而是必須。大概這就是你覺得我僞善的地方，我一方面跟你講一些道德、信念之類的大道理。另一方面，做的事卻又跟我講的完全背離。」

傅華點點頭說：「是的，鄧叔。我剛認識您的時候，您說的那些挺激勵我的，甚至我擔心您太過理想化，恐怕會在現實中碰壁。但是後來您的所做所爲，讓我覺得白爲您擔心了，您完全可以說是一個政治技巧嫺熟的官僚。」

鄧子峰不禁失笑說：「政治技巧嫺熟的官僚?!能讓你這麼評價我，我感到很榮幸啊。不得不說，到東海省後，我做了一些與那些信念道德相違背的事情，我內心中也覺得這樣做是不對的，但是卻不得不做。我不那麼做，我在東海省可能就無法開闢出一番局面來了。我想，你對東海的局勢可能比我還清楚，應該知道我說的是事實吧？」

傅華當然對東海省的形勢很清楚，當時的鄧子峰如果想要在東海省立足，就必須要在呂紀和孟副省長這兩個雙雄間爲自己爭取出一片天空來，所以鄧子峰才會一邊借莫克算計呂紀，另一邊在私下打探孟副省長的不法行爲，作爲準備對付孟副省長的武器。可以說鄧子峰算是運籌帷幄，硬是從雙雄間走出一條路來，這才有現在鼎足而三的形勢。

傅華笑笑說：「不得不說，鄧叔您做得挺漂亮的。」

鄧子峰說：「我那是不得不漂亮，不然我這個東海省省長將會在東海省毫無作爲。中央讓我去管理這個財賦大省，可不是讓我去什麼事情都不做的；我也是一個想做事的人，不想讓自己被排擠到什麼事情都做不了。但是要做到這一點，就不得不做出些犧牲。我想你看過柏拉圖的《理想國》吧？」

傅華說：「我看過，鄧叔您是想跟我說，基於正義的目的而使用一些不當的手段，就不能說使用這些手段是錯誤的吧？」

鄧子峰高興地說：「傅華，我喜歡跟你聊天就在這裏，我幾乎不用說出來，你就已經明白我的意思了。是的，我就是這個意思。有些事情在我內心實在接受不了的時候，我就會拿《理想國》的這些理論來說服自己。我問自己，我這樣做最終的目的是不是正當的，確信是正當的之後，我的心才會舒服些。」

傅華聽了說：「我也是用這個理論來說服南哥搞這封信出來的，那鄧叔您是不是就不該再拿這封信來責備我了啊？」

鄧子峰笑說：「其實這個理論是有些自欺欺人的，如果爲了正義我們就可以不擇手段的話，那跟無惡不做的壞人又有什麼區別呢？」

傅華說：「鄧叔，您不要這麼想，如果您非要這麼想，那只能繞在裏面出不來了。」

鄧子峰說：「這我知道。但是你沒明白我要說的意思。」

傅華納悶的說：「那您的意思是？」

鄧子峰解釋說：「我的意思很簡單，同樣一件事，有的人可以這麼做，有的人就不可以。區別就在於做的人所處的環境。在我來說，有些事情我是必須要去做的，否則就完成不了上面交代給我的工作；在你呢，有些事原本是可做可不做的，你仍然選擇那麼做，就意味著你走的道路已經開始偏離你原來想要的那樣子了。」

傅華被說中了心事，說：「鄧叔，老實說，您說的一點都不錯，我自己也感覺我偏離了我原來想要走的路了。這段時間，我心中也很糾結，不知道這麼做是對是錯，真的感到很迷惘。」

鄧子峰看了傅華一眼，說：「你今天這樣子，不會是因爲受到我那些行爲的影響吧？」

傅華苦笑說：「也不能說一點影響都沒有，不過那並不是主因，我之所以這麼困惑是有別的原因，您不知道我最近都接觸了一些什麼人……」

鄧子峰笑笑說：「你不就是跟巴東煌、呂鑫那些人搭上了線嗎？」

傅華愣了一下，說：「鄧叔，您怎麼知道巴東煌的？」

鄧子峰笑笑說：「這有什麼不能知道的，我還知道你透過你的老首長曲煒找了省高院，讓他過問一個案子，這個案子又牽涉到了孟副省長，曲煒不但沒能幫你們解決問題，還惹得孟副省長不高興。你看案子在東海省無法解決，就找了巴東煌，透過申訴的方式，在最高法院立了案，將案子調出孟副省長的控制範圍。不知道我說的對不對啊？」

傅華佩服地五體投地，說：「鄧叔，想不到您的情報工作做得這麼好啊。」

鄧子峰說：「這件事牽動了東海省兩大巨頭，我如果連這樣的消息都掌握不了，還有什麼資格在東海省立足呢？」

傅華想想也是，曲煒身後站著省委書記呂紀，案子又牽連到孟副省長。曲煒雖然僅僅是打聽一下案情，卻肯定牽動了一些有心人的敏感神經了。

傅華解釋說：「其實是我朋友的案子，我只是想打聽一下案情而已，沒想到惹來這麼多的關注。巴東煌也不是因為我的關係，是我朋友跟他勾兌的。」

鄧子峰說：「但是你沒否認你認識巴東煌。」

傅華回說：「我當然認識他了，他原來是北大的民法學教授，我還修過他的課，他算是我的老師。這次因為我朋友的案子，我跟他接觸不少，不得不說他的某些作為真是讓我瞠目結舌啊，已經超出了我的接受範圍了。我這段時間如此糾結，很大一部分原因就是因為他。鄧叔，您說巴東煌那種人都能竊居高位，還能不斷的得到升遷，這個社會是不是亂套了啊？我還去守什麼信念道德，有什麼意義呢？」

鄧子峰搖搖頭，說：「傅華啊，你這就錯了，這社會上是存在著一些醜惡的行為和醜陋的人，但是那些人總是少數。社會的主流還是好的。」

傅華失望地說：「真的嗎？我怎麼不覺得啊？現在人都把權力運用到了極致，連農村一個小小的村幹部也知道利用手中的權力為自己謀利。這已經是一種普遍的現象，不是少數人的行為了。」

鄧子峰卻持反對意見，說：「不對，你只看到社會醜陋的一面，卻沒看到社會上大多數的幹部都還在兢兢業業的做好他們的工作，他們才是社會的主流。巴東煌這些人只是社會的渣滓。他們也許會得意一時，但這個社會絕對不會一直容忍他們下去的。這也是我今天約你見面的另一個原因。」

「另一個原因？什麼原因啊？」傅華不解地說。

鄧子峰說：「我知道你跟巴東煌、呂鑫這些人接觸後，就很為你擔心。我曾經在嶺南省任職過，對這個圈子很瞭解。」

傅華說：「您是覺得這個圈子有問題？」

鄧子峰點了點頭，說：「他們肯定是有問題的。巴東煌、呂鑫，還有公安部一個副部長叫做白建松的，和北京天罡集團的盧天罡，這些人形成了一個很緊密的小圈子，相互利用，很是做了一些上不了臺面的事情。」

傅華說：「鄧叔，既然您知道他們在做不好的事，為什麼不想辦法懲治一下他們呢？」

鄧子峰笑了起來，說：「你以為我沒想過啊？但是不行啊，一方面這些傢伙的圈子很

緊密，相互之間提供保護，你不打破這個圈子，根本就不能拿他們怎麼樣的。」

傅華聽了說：「這倒是，這些人隨便哪一個的能力都很大，再結合起來，恐怕您還真是搞不動他們。」

鄧子峰嘆說：「豈止搞不動，還惹不起呢，這些傢伙都是通天的，我在嶺南省時，稍稍有一點對這些傢伙不利的情況出現，省委就會接到高層打來的電話，事情也就不了了之了，最後連我都不得不與他們虛與委蛇。」

傅華說：「這我得承認，您說的確實是事實，從我這些日子跟這些人的接觸上看，他們的能力真是十分驚人。」

鄧子峰說：「所以你也不要見獵心喜，以爲可以靠他們幫你辦什麼事情。這些傢伙都很危險，他們跟你我有很大的分別，我們做事也許有些不擇手段的地方，但是心中還是存在一些道德的信念；而他們，尤其是像巴東煌這種，根本就不知道道德爲何物。所以我要特別警告你，千萬不要跟這些人混在一起。」

傅華說：「這個我心中有數。只是鄧叔，您還覺得我算是一個有信念的人嗎？」

鄧子峰笑說：「當然算是了，雖然你做事也開始學著耍手段了，但是你知道你對那些社會的醜惡現象爲什麼會不滿，這就是你內心中固有的道德標準所做出來的判斷，這個道德標準是什麼，不就是你的信念嗎？」

傅華無奈地苦笑了一下說：「可是我現在覺得自己完全沒有方向了。」

鄧子峰說：「你這種迷茫很多人都有，現在的社會風氣是很敗壞，但是你還是要堅信一點，這種狀況不會永遠持續下去的，總有一天會被扭轉過來。而我們之所以還要去堅守一些東西，不就是爲了要把這個敗壞的風氣扭轉過來嗎？」

傅華頗有所感地說：「鄧叔，我好像又被你激勵了一回。」

鄧子峰笑說：「不是你被我激勵了，而是你心中的道德觀始終是存在的。傅華啊，你還是要堅守住你的信念，這樣社會才會依然有希望的。」

鄧子峰將那封檢舉信拿了過去，說：「這封信我還是要用的，你沒什麼意見吧？」

傅華點點頭說：「這是我的主意，我自然沒什麼意見。」

鄧子峰說：「實話說，蘇南爭取新機場這件事，我是有私心的。一方面振東集團是一家品質各方面都靠得住的公司，另一方面，蘇南畢竟是我老領導的公子，我也希望能夠在不違背原則的前提下，適當的照顧他一下。所以我想讓他通過正當程序來競標，我也可以透過這次的得標爲契機，整頓一下東海省工程招標方面所存在的問題。」

傅華聽了說：「鄧叔，不得不說您的想法還是帶有很大的理想主義色彩啊。但是你這麼做根本就改變不了什麼的。你想知道這裏面的原因嗎？」

鄧子峰看了傅華一眼，說：「原因是什麼？」

傅華說：「招標制度本身是公正的，有問題的是實施這項制度的人！最致命的是，這個制度實施的過程並沒有受到強有力的監督。您知道，不受監督的權力一定會產生腐敗，所以本來好的制度，實施起來效果卻並不好。」

鄧子峰沈重地說：「你說中問題的癥結了，現在這些官員們真是把權力運用到了極致，就連中字頭的央企要爭取個項目，也不得不行賄。」

傅華知道鄧子峰說的是中鐵五局劉善偉的事。他克制住自己想要點破鄧子峰當初是想利用劉善偉和莫克的勾結來打擊呂紀的念頭。今天鄧子峰對他已經夠容忍了，他可不想冒險再來考驗鄧子峰對他的耐心。

傅華說：「這就是制度的問題了，不將這些放在陽光下，讓人們去監督檢視，想要去避免是不太可能的。就說南哥這件事吧，您拿這封信來做文章，其實也是間接地利用您的權威施壓王雙河，然後把項目給南哥，這跟您一開始的設想可是有點南轅北轍。」

鄧子峰笑了笑說：「這我也清楚，但是相較王雙河私下勾兌內定的公司，我還是傾向讓蘇南得標的。兩害相權取其輕，蘇南的公司至少比較清白，而且他們施工我也放心，起碼工程品質有保證。」

鄧子峰將舉報信收了起來，兩人繼續吃飯。

吃了一會兒，鄧子峰突然說：「傅華，跟你說個事，我接到舉報，說徐棟梁這傢伙挪用省駐京辦一千多萬的資金在外面做生意，你在北京也待了好長時間了，聽沒聽說過徐棟梁這方面的事啊？」

傅華詫異地說：「鄧叔，這我還真不知道。徐棟梁如果真的有挪用公款的事，一定會避開讓我們這些同行知道吧，不然被我們捅出去了怎麼辦啊。」

鄧子峰點點頭，說：「這倒是。不過舉報徐棟梁的人提供了很詳盡的證據，這件事很可能是真的。我想只要查一下，就能水落石出了。你有沒有意思過來接他的位子啊？如果你有意的話，我可以把你先弄到省駐京辦過渡一下。徐棟梁一下台，你就可以接班了。」

傅華笑笑說：「鄧叔您知道我沒有這個意願的，而且我想勸您不要去動這個徐棟梁。」

鄧子峰愣了一下，說：「傅華，你說你不來，我並不意外，但爲什麼你讓我不要動徐棟梁呢？」

傅華說：「我建議您不要動徐棟梁是有原因的。徐棟梁在省駐京辦也算是幾朝元老了，跟東海在京的老領導門關係都很密切，您要動他，恐怕會引起一些老領導的反彈。」

鄧子峰說：「可是他挪用公款，這可是犯罪行爲。」

傅華說：「鄧叔啊，您可不要因爲急於想換上您的人做主任而被蒙蔽了雙眼啊。有些事情是欲速則不達的。就說挪用公款吧，雖然是犯罪行爲，但如果您要查這件事，肯定就會馬上驚動徐棟梁，到時候他如果把錢還回去，或者搞出一份什麼借款合同來，那就不一定能夠把他定罪了。萬一某些領導再出面維護他，這件事情很可能會不了了之。」

說到這裏，傅華看了鄧子峰一眼，別有深意地說：「我想您一定很清楚徐棟梁是誰的人的。」

徐棟梁在呂紀做省長時就是東海省駐京辦的主任了，他跟呂紀自然有著一定的關係，這大概也是鄧子峰想要換掉徐棟梁的原因之一吧。

鄧子峰想了想說：「他是呂書記的人。」

傅華說：「這也是我勸您不要動他的主要原因。您現在動他，呂書記一定會想辦法維護他，到時候如果您動不了他，他一定會對您懷恨在心，那您在省駐京辦就會很尷尬的。」

鄧子峰不以爲然地說：「你怎麼敢確定我動不了他呢？我就不信我一個省長拿不下一個省駐京辦主任。」

傅華說：「也許您可以拿下他，但是那樣對您卻更不利。」

鄧子峰納悶地問道：「爲什麼？」

傅華說：「您想，您要動徐棟梁，必須要經過呂紀那一關，就算您最終能逼迫呂紀同意您的意見，但是一定會讓呂紀感到不高興的，他會感覺受到了您的逼迫，對你開始產生戒心。您現在雖然在東海省站穩了腳跟，但我覺得目前的形勢下，最好還是儘量不要跟呂紀直接衝突，否則形勢很可能會發生對您不利的轉變。」

鄧子峰沉吟了一會兒，傅華說的不無道理。呂紀和孟副省長在東海省的人脈都比他要雄厚，如果把呂紀逼得太緊的話，呂紀很有可能轉而跟孟副省長結盟，那樣形勢真的有可能發生逆轉。

爲了避免因小失大，鄧子峰說：「傅華，想不到你遠在北京，對東海的政治形勢居然這麼瞭解，你待在海川駐京辦真是可惜了，你這個頭腦，做我的秘書長綽綽有餘了，海川駐京辦的舞臺太小了一點，你應該有更大的施展空間才對。」

傅華笑笑說：「鄧叔，大與小只是一個相對的概念，在海川駐京辦我感覺勝任有餘，相對就會輕鬆自在很多；東海省駐京辦舞臺是大了，但是夾在您和呂紀書記兩大巨頭之間，兩大之間難爲小，我就只剩下受氣的份了，所以您還是不要難爲我了。」

鄧子峰莫可奈何地說：「你這傢伙啊，行了，你不用害怕，我不難爲你就是了。誒，你覺得你們的新任市長孫守義這段時間的工作開展的怎麼樣啊？」

傅華開玩笑說：「鄧叔，您這頓飯請的還真是值啊，居然還想從我這裏瞭解孫市長的狀況啊。」

鄧子峰笑說：「怎麼？你覺得一頓不夠啊，那我可以再請的。」

傅華趕緊說：「還是算了吧，我什麼身分啊，敢勞煩您一請再請的，那樣不把徐棟梁給氣死啊！至於您問我孫市長做得如何，我認爲還不錯。孫守義這個人做人處事比金達要圓融很多，也很講究手法。像最近他處理市長選舉和雲山縣縣委書記孫濤的事，就處理的很漂亮。他先確保自己通過市長選舉，然後轉身讓金達把孫濤調到政協的閒職。對輕重厲害的把握，十分到位。」

鄧子峰點點頭說：「政治手法說白了，就是玩人的技巧，這件事我也知道一點，不得不說孫守義做得很漂亮。但是也不能說他事事都完美無缺，像他任用那個何飛軍就有點識人不明啊。」

傅華看了鄧子峰一眼，說：「鄧叔，何飛軍的事連你也知道了？」

鄧子峰說：「何飛軍那個做記者的情人都去孫守義那裏鬧事了，這種事還能捂得住嗎？再說，孫守義做這個市長，海川也不是每個人都支持的，自然有那些反對孫守義的人把消息透露給省裏的人。」

傅華說：「是啊，官員的這種緋聞本來就傳得很快的。」

「緋聞？」鄧子峰搖搖頭說：「你怎麼能把它定位為緋聞呢？官員私生活越軌，這是很嚴重的問題，很多官員走上貪污受賄的犯罪之路就是因此而起的。這種嚴重的程度豈是緋聞兩個字能夠表達的。」

鄧子峰對何飛軍這件事表現的這麼憤慨，讓傅華感覺到他似乎對孫守義和金達沒有處分何飛軍有所不滿，就小心地說：「鄧叔，您是不是認為金達書記和孫市長沒有處分何飛軍是不對的啊？」

鄧子峰說：「你不用來試探我，不錯，我是認爲他們處理這件事有欠妥的地方。不過，就海川目前的形勢來看，我也能理解金達和孫守義爲什麼這麼做。他們兩個人都是新上任目前的崗位，這時候該以穩定爲主，確實不好鬧出太大的動靜來。」

傅華奇怪地說：「既然您理解他們，爲什麼還覺得他們做的不對呢？」

鄧子峰擔憂地說：「他們這麼做並不是解決了問題，只不過是把問題給掩蓋起來。他們忘了一點，現在處理何飛軍，還可能只是一個小小的膿包，挑破了，把膿擠出來，問題就解決了。但他們沒有這麼做，而是把膿包掩蓋起來，等到有一天膿包大到掩蓋不住了，那時候就不是挑破膿包這麼簡單了，恐怕要傷筋動骨才行。」

傅華便說：「既然您是這麼看的，那您要不要提醒一下他們啊？」

鄧子峰說：「我要怎麼去提醒啊？你也不要把我這個省長看得無所不能，我也是有許多顧忌的。對金達和孫守義這些下屬，我必需顧及他們的面子。如果直接干涉他們，會影響他們在海川市的權威。」

鄧子峰接著說道：「可能孫守義有他的私心吧，畢竟是他啓用這個何飛軍的，處理何飛軍他的面子掛不住。算了，事情已經這樣了，希望何飛軍能夠記取教訓，不要再鬧出事來就好了。」

吃完飯，鄧子峰親自將傅華送了出來，說：「傅華，明天我要開會，就沒時間再跟你見面了，你如果覺得這頓飯還不夠的話，下次我來北京再給你補上吧。」

此時雖然時間很晚了，徐棟梁卻依然留在省駐京辦沒走，鄧子峰說這話的時候，傅華注意到等在大廳的徐棟梁臉色馬上就變得很難看了。

傅華心裏暗自好笑，你心眼也太小了吧，你知不知道你的飯碗還是我給你保住的呢。傅華有心想要逗一逗徐棟梁，就笑笑說：「鄧叔，我哪能老吃您的呢，這樣吧，下次您來北京，我請您吃飯好了。」

鄧子峰也猜到傅華是有意說給徐棟梁聽的，就故意說道：「好啊，誒，徐主任，你可要幫我記住了，下次我來北京的時候提醒我一下，不要被傅華賴了這一頓去。」

徐棟梁乾笑了一下，說：「省長，我一定會幫您記住的。傅主任，這頓飯你可是賴不掉了。」

傅華和鄧子峰相視了一眼，都覺得徐棟梁這種明明心裏酸到不行，卻不得不裝出輕鬆的樣子來十分的可笑，於是同時笑了起來。

徐棟梁不清楚他們笑自何來，只好也跟著呵呵笑了起來。

第九章

# 借刀殺人

不得不說于捷這一手借刀殺人玩得很卑鄙。

現在社會公眾對領導幹部的私下作風極為反感，這件事如果鬧大，

尤其是鬧到省委去，何飛軍會受到何種懲處很難預料；

而他和金達也會因為處理不當，受到省委領導的批評。

早上，孫守義到辦公室的時候，就看到已經等在辦公室的孫濤了。

他看了看孫濤說：「你來找我有事啊？」

孫濤有點不高興地說：「誒，孫市長，您不能這樣吧？」

孫守義一頭霧水地說：「孫濤，我怎麼了？」

孫濤抱怨說：「是您跟我說要搞什麼臨時小組，讓我回去等通知的，怎麼這麼久都沒有音訊，您該不是隨口跟我說過就把這件事忘記了吧？」

孫守義聽了說：「原來是這件事啊，我沒忘，只是最近的事情太多，一時之間還沒顧得上這件事。怎麼，你等急了啊？」

孫守義倒不是托詞，最近他因爲曲志霞要插手氮肥廠地塊還有何飛軍和顧明麗的事，就沒空處理孫濤這邊的事。

孫濤不知道這些，以爲孫守義是在故意拖延，便說：「我當然著急了，我也是忙慣了的人，你讓我在政協喝茶看報紙，我哪受得了啊。」

孫守義說：「行，我知道你現在的心情，這樣吧，我跟你保證，下一次的政府常務會議，我第一個研究花卉苗木基地的事，這總行了吧？」

孫濤看了一眼孫守義，說：「您不會是敷衍我的吧？」

孫守義有些不高興地說：「這件事可是我先提議的，我比你還重視這件事啊，敷衍你，敷衍你什麼啊？」

孫濤這才說：「好，那我就回去等您的消息。」

孫守義說：「那我們就說定了，不過，這件事啓動起來之後，你可要給我辦好了。」

孫濤笑笑說：「這您放心，這關係到我以後的仕途，我怎麼敢辦差了呢。」

孫守義說：「既然這樣，那我就不留你了，我一會兒還有事要處理。」

孫濤卻沒有馬上就走，略微遲疑了一下。

孫守義看了他一眼，說：「怎麼了，你還有事要跟我說？」

孫濤說：「是的，不過，您可不要誤會我這是在跟您拍馬屁。」

孫守義愣了一下，孫濤這麼鄭重其事的，看來是很重要的事了，便說道：「當然不會啦，什麼事啊？」

孫濤說：「是于捷副書記，我聽我一個朋友說，于捷副書記跟那個叫顧明麗的省報記者私下接觸，鼓動她去省裏告何飛軍的狀，我想他這是想通過整何飛軍，從而達到整您和金達書記的目的。」

孫守義苦笑說：「這位于副書記啊，還真是愛玩這種兩面手法，是他提議對何飛軍和顧明麗的事不予處理的，轉過頭來卻拿這件事大做文章，真不知道他究竟意欲爲何。」

孫濤說：「我也覺得于捷副書記這麼做很不上道，他老是愛做這些鬼鬼祟祟的事，不像您做事那麼光明正大，所以我才想提醒您一下的。」

孫守義笑笑說：「謝謝你這麼信任我，這件事我知道了，你回去吧，做好準備迎接新的工作吧。」

孫濤就離開了，孫守義腦子裏開始思考要如何處理于捷攛掇顧明麗去省裏告狀的事。

于捷這麼做的目的很明顯，就是想把何飛軍和顧明麗的事情鬧大，好讓東海省委對他和金達掌控海川市的能力產生質疑。

不得不說于捷這一手借刀殺人玩得很卑鄙。現在社會公眾對領導幹部的私下作風，尤其是包養情人的行爲極爲反感，這件事如果鬧大，特別是還鬧到省委去，何飛軍會受到何種懲處很難預料。而他和金達兩人也會因爲處理不當，受到省委領導的批評。

可是要如何應對呢，孫守義心中一點主意都沒有。

他能選擇的辦法只有兩個，一是趁省委還沒插手處理何飛軍時，先聯手金達懲處何飛軍。這樣可以避免省委直接處理何飛軍，不過，他也需要承擔一個不維護親信的壞名聲。

而且這樣做還有一個問題，那就是他和金達並不清楚何飛軍跟顧明麗之間的問題有多嚴重，也就無法恰到好處的給何飛軍相應的處分；可是他如果主動要求對何飛軍展開調查的話，問題可能會因此而擴大，這又是孫守義不願意看到的結果。

第二個辦法是，趕緊將于捷在背後搞鬼的事告知何飛軍，讓何飛軍無論如何要想辦法

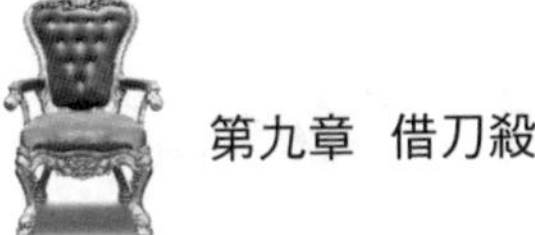



穩住顧明麗，顧明麗不去告狀，于捷的陰謀就無法實現。這樣做倒是可以暫時化解危機，但是問題並沒有真正的解決，隱患始終存在。

想來想去，孫守義最終做了決定，他決定不去管這件事，就讓于捷去鬧吧。任由省委處置他好了，壯士斷腕，一開始他對何飛軍就不該養癰爲患的。

想清楚後，孫守義就把這件事放到一邊，處理他的公務去了。

過了兩天，孫守義在召開的政府常務會議上，提出他想在海川推廣發展花卉種植業的構想，大談了一番在海川發展花卉產業的好處，還強調花卉種植業在雲山縣高水鎮已經取得了一定的成功，說明海川市是適合發展花卉產業的。

孫守義又特別點出金達書記也贊成他這個想法，副市長們一看，孫守義和金達都贊同的項目，他們還有什麼反對的餘地呢？便紛紛的表示贊同。

於是孫守義接著提到爲了總結雲山縣高水鎮花卉種植經驗，要成立一個專門的小組，由他擔任總組長，另由孫濤負責實際的運作事宜。

孫守義一公布這個想法，立即舉眾嘩然，大家都想不到孫守義會以德報怨，重新啓用孫濤。

曲志霞更是對孫守義刮目相看，照她的想法，這兩人應該是截然對立的。孫濤曾經差點讓孫守義坐不上市長寶座，孫守義能夠原諒他就很不錯了，根本就不可能重新啓用孫濤的；起碼換成是她站在孫守義的位置上，她就一定不會原諒孫濤。

但是孫守義的做法卻大大出乎曲志霞的意料之外，他將孫濤放在一個看來不起眼，但將來卻很重要的位置上。孫守義能這麼做，度量真是很大。

而孫守義一方面懲罰了孫濤犯下的錯誤，另一方面又人盡其才的重新啓用了他，這一拉一打之間，巧妙地將孫濤給收服得熨熨貼貼的。這麼高明的馭人之術，連一向心高氣傲的曲志霞都不得不暗自心服。

於是曲志霞就知道她這段時間被孫守義表現出來的謙和給蒙蔽了，這傢伙的手腕看來比金達還要高明幾分，自己該重新審視一下孫守義這個人。

最後，市政府常務會議同意了由孫濤來做這個臨時小組的組長，並從市政府抽調精幹力量組成臨時小組，儘快下去雲山縣高水鎮總結經驗。

會議結束後，曲志霞回到自己的辦公室，她的心開始有些不安，懷疑前段時間孫守義對氮肥廠地塊的表態是有別的含義。

在氮肥廠地塊這件事上，曲志霞在孫守義和金達兩人那裏幾乎是得到了一致的答覆，那就是不見她想要引薦的開發商，讓開發商憑真實力來競標。

一度曲志霞以爲這是金達和孫守義兩人都不願意插手，所以放手讓開發商公平競爭，因此覺得她的機會來了。只要金達和孫守義不來干預，她就可以幫齊州的那家鑫通集團將氮肥廠地塊拿下。

曲志霞仔細觀察過購買氮肥廠地塊招標書的幾家開發商，並沒發現什麼可疑的開發商是金達和孫守義支持的，於是曲志霞就真的相信金達和孫守義沒有要插手氮肥廠地塊的意思。

爲此她還感到幾絲竊喜，心說金達和孫守義如果不攪合進來的話，沒人跟她分潤利益，她能從鑫通集團拿到的好處應該會更多一些的。

但今天孫守義的表現卻讓曲志霞起了疑心啦，她開始懷疑孫守義和金達可能早就有了安排。她知道參與競標的開發商中，有一位本來跟孫守義和金達算是對手的開發商，這位開發商就是城邑集團的束濤。

曲志霞還沒來海川之前就聽過束濤的大名，因爲束濤曾經先後聯合兩任的海川市市委書記張琳和莫克，跟金達和孫守義作過對。

一度金達和孫守義被束濤搞得很狼狽，雙方當時幾乎是勢不兩立。所以曲志霞在知道城邑集團也來買招標書後，心中還挺納悶的，心說這個束濤真是糊塗了，有金達和孫守義在海川主政，束濤根本就不可能會得標的。

但現在看來，糊塗的並不是束濤，而是她自己啊。她被表面上的假象給蒙蔽了。既然孫守義能重新啓用孫濤，那他跟束濤間的矛盾爲什麼就不能化解呢！

曲志霞知道束濤是個十分精明的商人，這種人又怎麼會做明知不會得標還來競標的傻事呢?!曲志霞心裏罵了一句，心說：老娘差點被金達和孫守義這兩個會裝蒜的混蛋給騙過了。

對曲志霞來說，這可不是件好事。因爲她已經承諾鑫通集團，會幫他們將氮肥廠地塊拿下來。如果金達和孫守義與束濤早就有了默契，那她在氮肥廠地塊這個項目上幾乎是沒有任何勝算了。

束濤不知道是花了多大的代價才收買了孫守義和金達?想到即將到手的大筆好處轉瞬間就要化作泡影，曲志霞就有一種肉痛的感覺。尤其是因爲金達和孫守義暗中搗鬼而壞事，更是令她很不甘心。特別是耍弄她的還是她一向瞧不起的金達，曲志霞心中更加的憤憤不平，幾乎恨不得馬上就想跑去省委找呂紀告狀了。

不過她手中一點證據都沒有，告了也沒有用。曲志霞在心中發狠道，金達、孫守義！等著吧，總有一天我要讓你們知道我曲志霞不是那麼好欺負的。

這時，曲志霞的手機響了起來，她一看號碼就有點心煩，這傢伙真是會湊熱鬧，居然在這個時間找過來了。原來打電話來的正是鑫通集團的董事長都承安。

這時候曲志霞最不想接的電話就是都承安的，她已經接下了都承安送來的前期活動費。現在鑫通集團很可能拿不到地，按照慣例，曲志霞就需要將活動費全部退還才行。不過錢都裝包裏了再要掏出來，那個滋味可不好受。

曲志霞一邊腦子裏想著要怎麼去應付都承安，一邊按下了接通鍵。

「都董啊，打電話給我有什麼事嗎？」

都承安笑笑說：「副市長，我就是想問一下您幫我安排的怎麼樣了？」

曲志霞含糊地說：「都董，你別急嘛，事情還在處理中，現在情勢還不是太明朗，我還需要做不少的工作。」

曲志霞用情勢還不太明朗這句話預先爲自己找退路，現在她不敢再跟都承安把話說得太滿，以免事情真的辦不成，她跟都承安不好解釋。

都承安似乎察覺到了什麼，停頓了一下說：

「副市長，怎麼回事啊？原來你不是跟我講挺有把握的嗎？怎麼又變成情勢不太明朗了？出了什麼問題嗎？」

曲志霞掩飾地說：「都董，你也太敏感了吧？我只不過那麼說說而已嘛。有些事情要安排好是需要時間和步驟的，你有點耐心好嗎？」

都承安聽了說：「這樣啊，耐心我有。曲副市長，這件事你一定要幫我打點好啊，你那邊的費用還夠嗎？需不需要我再匯點錢給你啊？」

曲志霞又肉痛了一下，難受地說：「暫時還不用，需要的時候我會通知你的。」

都承安又說：「那您什麼時候回齊州啊？您回來時，我們碰碰面吧？」

「不好意思啊，都董，我這幾天的事情很多，等過個三兩天行嗎？」曲志霞回避地說。

都承安也無法說什麼，便說：「行啊，那等你回齊州了給我電話吧。」

曲志霞笑笑說：「好，你等我電話吧，我還有事，掛了啊。」

曲志霞掛了電話，一個人坐在辦公桌生了半天悶氣，心裏把金達和孫守義臭罵了好長時間。

下午，曲志霞去市委辦事，在市委辦公大樓門口，碰到了于捷正往外走。

曲志霞就打招呼說：「于副書記，你這是去那裏啊？」

于捷笑笑說：「我要去市工會參加活動，您來有事啊，曲副市長？」

曲志霞說：「對，有點事情過來辦一下。誒，于副書記，聽說了沒，孫濤同志東山再起了。」

于捷愣了一下，看著曲志霞說：「曲副市長，你這是開什麼玩笑啊？孫濤不是調去了政協嗎，我沒聽說他調動啊？」

曲志霞笑笑說：「原來你還不知道啊？也不是正式調動啦，是我們的孫市長要在全市推廣花卉種植，就決定組一個臨時小組，將孫濤同志借調出來做這個小組的組長。據說金達書記都知道了，你怎麼還不知道啊？」

于捷的臉色很不好看，他一向視孫濤爲親信，現在不僅金達和孫守義沒把臨時小組的事知會他一聲，孫濤也事先一點消息都沒透露給他。難道孫濤背叛了他？

于捷就沒好氣的說：「我不知道，這與我的工作無關，金書記他們也沒必要知會我。好了，曲副市長，我要遲到了，要趕緊走了。」

看于捷氣哼哼的樣子，曲志霞暗自竊喜，她就是想激起于捷對金達和孫守義的恨意，現在目的已經達到，心說：你們就狗咬狗一嘴毛的鬥去吧，我就等著看你們的笑話了。於是笑笑說：「那慢走了，于副書記。」

第二天一早，孫守義上班的時候，看到孫濤已經在他辦公室等候了，就笑說：「你倒消息靈通啊，知道臨時小組的事了？」

孫濤笑笑說：「當然知道了，昨晚于捷副書記打電話給我，衝著我發了好一陣的脾氣，說我看他現在不得勢就背叛他，轉而投靠您了，罵我忘恩負義，不該這麼對他。」

孫守義說：「那你怎麼想啊？」

孫濤無奈地說：「我還能怎麼想啊，我是對得起他的，我爲了他，縣委書記的職務都搭上了，他還有什麼資格來罵我忘恩負義啊?!市長，您放心好了，我孫濤從來都不是腳踏兩隻船的人，既然答應您要做花卉種植這件事了，我就會盡力做好的。」

孫守義笑笑說：「這點我相信你，我本來就想打電話找你來的，你來了正好。臨時小組的事，市政府常務會議已經通過了，你來出任組長，借調的手續我會替你辦好的。現在你的任務就是趕緊挑人組建小組，要誰你來決定，然後儘快拿出一份有分量的經驗總結報告出來。你能辦到嗎？」

孫濤意外地說：「讓我來挑人啊，您還真是信任我啊。」

孫守義說：「我這個人從來都是疑人不用，用人不疑的，你就放心大膽的去挑吧，誰如果找你麻煩，你就直接來找我，我來幫你解決。」

孫濤興奮地說：「好，您放心，我一定把這件事情給辦熨帖了。」

孫守義說：「那我就等你的報告了。」

孫濤說：「行，不過有件事我想跟您說一下。昨晚于捷打電話給我時，說我出任臨時小組組長這件事是副市長曲志霞告訴他的，您說曲副市長專門去告訴于副書記，意在何為啊？」

孫守義愣了一下，他還真是想不出曲志霞為什麼會去跟于捷說這件事。但是很明顯帶有挑唆的意味。這個女人是想幹什麼啊？這不是有意給他添亂嗎？

孫守義看了孫濤一眼，說：「我也不知道曲副市長這麼做是為什麼，你跟我說這件

事，是在擔心什麼嗎？」

孫濤點點頭說：「我擔心曲副市長這麼做，是因爲她對我或者對花卉種植推廣這件事情有意見。市長，您也知道我現在是戴罪之身，由我來做這件事情，肯定會遭遇到一些阻力的，如果曲副市長再來製造障礙的話，事態的發展就很難預料了。我倒無所謂，可不要耽擱了市長您的事。」

「這可不是耽擱我的事，」孫守義冷笑一聲說：「她耽擱的是海川市政府的事！誰要是在這方面製造麻煩，我絕不會對他客氣的。孫濤啊，我還是那句話，遇到什麼麻煩來找我，我解決不了，會和金達書記一起來解決；再解決不了，我會去找省委，你就把事情做好就行了。辦好了，我和市裏都不會虧待你的。」

孫濤重重地點點頭，承諾說：「行，市長，您這麼給我撐腰，我再辦不好，那可真是無能了。」

孫守義說：「那你就快點開始工作吧。臨時小組的辦公室就設在市政府，你去找秘書長，我已經交代他了，他會幫你安排的。工作上的事，你就直接跟我彙報，聽明白了？」

孫濤說：「明白。市長，那我去找秘書長了。」就離開了孫守義的辦公室。

孫守義開始琢磨起曲志霞來。按說，曲志霞來海川後，他對曲志霞還挺尊重的，爲什麼曲志霞會在花卉種植推廣這件事情上給他找麻煩呢？難道他在什麼地方無心開罪了她嗎？

孫守義認真地回想他和曲志霞的接觸經過，沒有什麼地方做的不好啊？就連曲志霞想幫齊州那家叫鑫通集團的公司拿地，他也沒有直接的將她頂回去。如果這樣子還得罪了她的話，那這個女人還真是難伺候啊。

孫守義正在想著曲志霞的事呢，好像是心有靈犀一樣，曲志霞就敲門走了進來。

曲志霞衝著孫守義笑了笑說：「我看孫濤剛才過來找您，您把他找來是交代臨時小組的事情吧？」

孫守義心裏對曲志霞這種裝蒜的行爲很感厭惡，便說：「不是我找他，是這傢伙聽到消息主動過來的。現在的小道消息傳得就是快啊，這邊還沒正式下文呢，他就已經知道了。」

曲志霞沒有多想，順口說：「現在政壇上哪有什麼秘密啊，恐怕我們的常務會議還沒結束，就已經有人把消息給散播出去了。」

孫守義說：「這倒是，也不知道什麼人多事，把消息告訴了于副書記，搞得于副書記很是惱火，居然打電話把孫濤給臭罵了一通。」

孫守義說到這裏，抬頭看了曲志霞一眼，想看看曲志霞做什麼反應。果然，有一瞬間曲志霞臉上的表情很不自然，他知道這個女人心虛了。

不過曲志霞臉上不自然的表情很快就過去了，她笑笑說：「于副書記這麼做就不對了，他去罵孫濤幹嘛啊？孫濤現在這樣都是他害的，他看到孫濤重新得到機會，應該感到高興才對。」

孫守義說：「我也是這麼覺得。不過于副書記顯然不這麼想。我很不能瞭解于副書記的想法，大家有緣搭班子，就應該彼此多扶持，不要相互拆臺才對啊。」

如果是以往，孫守義這麼說，曲志霞不會多想什麼，但現在她對孫守義有了新的認識，懷疑孫守義已經知道是她將消息透露給于捷的，那孫守義說的什麼緣分相互扶持之類的，就是在有意無意敲打她了。

曲志霞暗自罵道：「什麼緣分、相互扶持啊，狗屁，你如果真是那麼想的話，就不會在氮肥廠地塊上把我耍得團團轉了。好處你和金達都拿了，卻讓我跟你相互扶持？做夢吧。」

表面上，曲志霞卻笑笑說：「市長，您說的真是太好了。確實是，我們能在一起搭班子是一種難得的緣分，應該珍惜才對，于捷副書記真是不應該啊。」

孫守義說：「我是真心希望大家能在一起好好配合工作的。誒，曲副市長，你是女人，有些話你說起來比我們這些男人更好讓人接受一些，有機會，你把我們剛才說的這些跟于捷副書記說說，也許他能聽從你的意見。」

曲志霞臉色愈發難看了，乾笑地說：「市長，這個我就不好說了吧，我跟于捷副書記並不熟的。」

孫守義笑了笑，別有用意的看了曲志霞一眼說：「不是吧，曲副市長跟于捷副書記真的不熟嗎？」

曲志霞感覺孫守義話題老是圍著于捷不放，簡直有點咄咄逼人了，臉就沉了下來，很不高興的說：「市長，您說這話什麼意思啊？我和于捷副書記應該熟悉嗎？」

孫守義沒有立即跟曲志霞翻臉的想法，於是笑笑說：「不是了，曲副市長，我是想你來海川已經有段時間了，跟同志們應該熟悉起來了才對啊？」

曲志霞說：「市長，這您就想錯了，我跟于副書記分屬市政府和市委，平常除了開會，基本上都沒機會碰面的，所以一直沒機會熟悉起來。」

孫守義覺得敲打的曲志霞也夠了，便見好就收的說：「是這樣啊。誒，曲副市長，你來我這裏是有什麼事情嗎？」

曲志霞笑笑說：「是這樣的，市長，我報名了北大的經濟管理學院的在職博士，學校讓我去參加初試，所以我想請假去一趟北京參加考試。」

孫守義說：「這是好事啊，你要去就去吧，不過要去幾天啊？」

曲志霞回說：「考試需要兩天，不過我想提前一天過去準備，晚一天回來，好留在那看看情況，所以大約需要四天。」

孫守義笑笑說：「四天就四天吧。回頭我會跟傅華說一下，要他儘量照顧好你在北京期間的生活，讓你可以有充足的精力去考好試，將來我們海川市也許會出一位博士市長的。」

曲志霞笑說：「市長說笑了，其實沒必要的，我自己能照顧好自己。」

孫守義說：「那不行，這個關鍵時候市裏面一定要照顧好你的，讓你全力衝刺考試才行。市裏這邊的工作有什麼需要我做的，儘管跟我說。」

曲志霞笑笑說：「沒有，我都安排好了。」

孫守義說：「那你趕緊回去準備考試吧，我先預祝你考試順利啊。」

曲志霞說：「謝謝市長了，那我先回去了。」

曲志霞一走出辦公室，孫守義臉上就露出了譏諷的笑容，對曲志霞要去讀什麼在職博士頗不以爲然。

孫守義抓起電話，打給傅華。

「曲副市長要去北京參加在職博士初試，她在北京這段時間，你要負責照顧好她的生活，確保她考試順利。」孫守義交代。

傅華說：「您放心，我一定會安排好的。」

孫守義又說：「如果她有什麼要求，只要不是太出格的，你就儘量幫她安排好，讓曲副市長為我們海川市考出一個博士來。」

傅華笑笑說：「好的，市長。您還有別的指示嗎？」

孫守義說：「沒有了。誒，我家裏沒什麼事吧？」

傅華回說：「沒有，沈姐挺好的。」

「對了，回頭我回北京的時候，你借給我的那三十萬我再補張欠條給你。」孫守義突然想到了說。

傅華說：「市長，您就不要太在意了，難道您一個大市長會賴我三十萬嗎？」

孫守義笑笑說：「這不是賴不賴賬的問題，而是在金錢往來上面必須要清清楚楚的才行。有欠條，我們之間就是欠款，有什麼事情大家也都能說得清楚；沒欠條，有人要拿此做什麼文章，我們就不好說了，是吧？」

傅華聽了就說：「行，就聽您的，您方便的時候給我就好了。」

孫守義說：「那就這麼說定了。你那邊有什麼事情沒有，沒有我就掛了。」

傅華遲疑了一下，他在猶豫是不是要將鄧子峰那天講的關於孫守義處分何飛軍不當的話轉達給孫守義。一直以來，他對孫守義夫婦都挺有好感的，就想提醒孫守義不要犯錯。

不過，很快傅華就打消了這個主意，他不知道孫守義爲什麼不去處理何飛軍，也許他這麼做有什麼理由；而且，領導沒問你的意見，你也不該對領導的做法隨意加以褒貶，會惹得領導很不高興的。

傅華便說：「我沒什麼事情了，再見市長。」

孫守義就掛了電話，傅華便著手準備曲志霞來的接待工作。

其實也沒有什麼需要準備的，到時候去機場接她，然後安排曲志霞住下就好了。傅華想的是跟曲志霞之間如何處理喬玉甄的事。

傅華和喬玉甄並沒有讓曲志霞知道他們認識，但是這個事情也不能一直保密下去，尤其是曲志霞就要來北京讀在職博士，在北京的時間會很多。一旦知道了他跟喬玉甄不但認識，還關係不錯，一定馬上就會懷疑兩人在背後不知道怎麼嘀咕她了呢。

女人的心眼小，女上司更是這樣，傅華可不想因爲一個細節導致曲志霞對他心生惡感。傅華就打電話給喬玉甄，說曲志霞要來北京參加考試的事情。

喬玉甄聽了笑說：「你跟我說這個幹嘛，難不成你還想我去迎接她？」

傅華說：「我不是那個意思，只是曲志霞一直不知道我們是認識的，我想這件事不好再瞞下去，你看是不是找個適當的時機跟她說一下，別讓她對我有什麼意見。」

喬玉甄笑說：「怎麼，你怕她啊？」

傅華說：「我怕她什麼啊，我只是不想去得罪她罷了。」

喬玉甄想了想說：「要不這樣吧，我就說以前我們就認識，只是一直不知道你是做什麼工作的，最近才把你對上號了。這麼說沒毛病吧？」

喬玉甄這麼說，既點明了傅華和她是認識的，又表示他們兩人並不很熟，這種分寸拿捏得恰到好處，想來曲志霞知道後，應該不會對兩人有什麼懷疑的。

傅華就說：「還是你聰明，這麼說恰到好處啊。」

兩人就又扯了幾句閒話，就掛了電話。

轉天，傅華在機場接了曲志霞。

傅華注意到曲志霞臉色不是很好看，看到他，臉上才勉強有了些笑容。

看來曲志霞是有什麼煩惱的事，不過這不是一個做下屬該過問的，傅華就裝作不知情，問候了曲志霞，然後帶曲志霞上了車，直奔駐京辦而去。

到了駐京辦，傅華將曲志霞安排好，然後說道：

「曲副市長，孫市長交代過，一定要我們照顧好您考試期間的生活，您看您有什麼需要我做的？」

曲志霞說：「不用了傅主任，你只要按照駐京辦日常的工作去做就好了。現在我有點累了，想休息一下。」

傅華說：「那您休息，我先離開了，我就在辦公室，您如果有什麼事，可以打電話給我。」

曲志霞笑笑說：「行，你回去工作吧。」

傅華就離開了曲志霞的房間，曲志霞簡單的洗漱了一番，準備睡一會兒，沒想到在床上躺了半天，卻一點也睡不著，就有些煩躁的坐了起來。

其實傅華沒有看錯，曲志霞確實是有煩惱的事。

今天一早，都承安不知道從哪兒知道了她要飛北京的消息，就打電話來，問她將氮肥廠地塊競標的事情安排的怎麼樣了，然後說她既然還沒安排好，就不應該在這個時候飛北京。

這可把曲志霞給氣壞了，她本來就對金達和孫守義聯手耍弄她窩著一肚子火，正好借機對都承安發作了出來，她說：

「都董，你憑什麼跟我說應該不應該啊，我跟你說，這次的考試對我很重要，我必須要去。項目的事情你不用擔心，如果不成的話，你轉給我的那點錢，回頭我會退給你的。所以你不用跟特務似的盯著我，我跑不了的。」

都承安就急了，說：「曲副市長，話可不能這麼說，這不僅僅是我轉給你那點錢的問題，鑫通集團爲了這個氮肥廠地塊可是投入了不少的資金，買招標書要花錢吧？搞規劃設計要花錢吧？項目如果拿不到的話，這些可都是損失。」

曲志霞越發惱火了，說：「都董，看這個樣子你是想賴上我啦？行，你還有什麼損失都說出來吧。」

都承安聽出曲志霞語氣不善，便趕忙說：「不是的曲副市長，我是說，有些錢我們集團已經花了，如果項目拿不到會損失不少，並不是想要您掏這筆錢的。我們也是合作過的，您看我姓都的是那種小氣的人嗎？」

曲志霞煩躁地說：「你既然不是那麼小氣的人，那就不要天天跟追命似的盯著我，我這次去北京是參加考試，這時候我沒心情跟你談論氮肥廠地塊的事情，什麼都等我從北京回來再說吧。」

都承安只好說：「那好吧，等你回來我們碰碰面吧。」

曲志霞沒好氣地說：「行，等我回去再說吧。」

對曲志霞來說，她要怎麼跟都承安見面啊？難道見面跟他說氮肥廠地塊被金達和孫守義聯手給拿走了，拿不下來了嗎？她可是打過保票的啊！因此從海川飛北京的一路上，曲志霞腦子裏都在想氮肥廠地塊的事，心煩到不行。

曲志霞努力振作一下精神，眼前還是通過初試比較重要，她把心神收斂起來，專注的看起考試要用的參考書來。

考試的時間是週末，傅華因爲曲志霞要參加考試便沒有休假，安排車子接送曲志霞，爲她做好服務工作。

這兩天，曲志霞因爲要專注考試，因此沒有約喬玉甄和她的朋友見面，接連兩個晚上，她都躲在房間裏看書。

這一點，傅華對曲志霞還挺佩服的，這些年他忙於應酬和工作，已經很難靜下心來看專業性的書籍了，曲志霞比他年紀大，工作也比他繁重，居然還能定下心來學習，不得不說這個女人還是很有毅力和恆心的。

第十章

# 心理建設

傅華覺得曲志霞的行為有些可笑，手都被人家摸了，又何必去介意被抱那麼一下呢？
同時，傅華不相信她看不出來吳傾是個好色之徒。
既然看出來，還要去跟吳傾親近，那就要做好接受這種行為的心理建設。

當曲志霞考完最後一科，從考場走出來的時候，傅華看到她一臉的輕鬆，便笑著說：「看這樣子就知道曲副市長您考得挺好的。」

曲志霞笑說：「我也不知道好不好，只是總算考完了，我也算是解脫了。」

傅華說：「我真是挺佩服您的，能夠從繁忙的工作中靜下心來學習。」

曲志霞笑了笑說：「也沒什麼了，誒，傅主任，這兩天你跟著我跑前跑後的，連週末也沒休息，辛苦了。」

傅華說：「您客氣了，這是我該做的工作。」

曲志霞笑笑說：「什麼啊，我這是私人行程，本來不應該麻煩你的。誒，你把我送回海川大廈就可以了，晚上我要去見個朋友。」

「那需不需要給您安排車啊？」傅華問。

曲志霞說：「不必了，我朋友有車。」

傅華就把曲志霞送回海川大廈，自己回家去了。

第二天一早，傅華早早來到駐京辦，到了辦公室，沒看到曲志霞的身影。

曲志霞沒跟他交代這天的行程安排，傅華便簡單地將駐京辦的事務處理了一下。九點半，曲志霞從房間打電話來，說是有事要出去，讓他安排車。

傅華調了車在海川大廈門前等著，過了一會兒，曲志霞走了出來。傅華看她又是一副著意盛裝打扮的樣子，心中就猜測她是要去見吳傾的。

果然，上了車後，曲志霞就說要去北大。

車子就往北大開，曲志霞看了看傅華，說：「傅主任，你什麼時候認識東創實業的喬小姐的？」

傅華就知道曲志霞昨晚是跟喬玉甄碰面了，就笑了一下說：「認識有一段時間了，是在朋友的聚會上碰到的，是一個朋友的朋友。誒，您問起她，有什麼事情嗎？」

曲志霞說：「沒什麼，就是昨晚跟玉甄見面的時候，她說認識你，我有點意外而已。」

傅華裝糊塗地說：「原來曲副市長跟她也是朋友啊。其實我跟她之前並不是很熟，也就是認識而已。跟她熟悉起來，是最近的事情，因爲她跟我一位很好的朋友也是朋友，在那位朋友那裏碰見過幾次，才熟起來的，我還邀她來海川大廈吃過飯呢。她對我們海川的風味還挺喜歡的。」

傅華之所以要點出喬玉甄來過海川大廈，是因爲他猜測曲志霞在海川大廈的耳目一定會將他的行蹤跟曲志霞說，因此喬玉甄來過海川大廈的事是瞞不過曲志霞的。

曲志霞聽了說：「那你這位朋友可真是不簡單啊，居然能夠跟喬玉甄認識，就我所知，喬玉甄結識的人物可都是非同小可的。」

傅華笑笑說：「我那個朋友在北京商界多少還有點影響力，不知道您聽說過振東集團沒有？我朋友就是他們的董事長蘇南。」

曲志霞想了想說：「你是說他父親是蘇老的那個蘇南？」

傅華聽曲志霞點出了蘇老，就知道她瞭解蘇南和鄧子峰的關係，就點點頭說：「是啊，就是那個蘇南，我們是很投緣的朋友，沒事就會湊在一起聚一下，吃吃飯什麼的。」

曲志霞笑了起來，說：「這倒是一個好朋友啊。」

車子到了北大經濟管理學院，傅華不知道曲志霞想不想讓他跟她一起去見吳傾，就說：「曲副市長，我需要上去嗎？」

曲志霞想了想說：「不要了，我要跟吳教授聊一些專業上的問題，你跟我上去，會覺得很悶的。」

傅華也沒興趣知道曲志霞要跟吳傾做什麼，就笑笑說：「行，我就在下面等您好了。」

曲志霞準備下車時，又問了問傅華說：

「傅主任，你對北京比我熟悉，如果我跟吳教授聊到中午，想請他吃個午飯，你覺得要去哪裡比較好啊？本來我想把他帶到海川大廈去，又覺得海川大廈不太上檔次，好像對吳教授不夠尊重似的。」

傅華笑說：「這您不用擔心，北京別的不多，高檔飯店可多著呢。看您要帶他去什麼

樣的，古典風格的還是現代風格，中餐還是西餐？」

曲志霞思考了下說：「中餐吧，中餐比較保險，再就是儘量豪華一點，好表達我對他的敬意。」

傅華說：「那就去『主席台』吧，那裏是個很有格調的地方。」

曲志霞就進了經濟管理學院的辦公大樓，傅華邊聽歌邊等曲志霞。等曲志霞從裡面出來，大約過去了一個半小時，傅華心想這兩人還真是遇到知音了，專業性的話題都能談這麼久啊。

傅華下了車，給曲志霞開了車門，曲志霞經過他身邊時，傅華注意到曲志霞耳朵後面紅紅的，心裏不禁好笑，看來曲志霞跟吳傾這一個半小時中，吳傾一定對曲志霞有過某些不軌的行為。

但曲志霞的神情並無惱火的意思，傅華知道曲志霞並不抗拒吳傾對她的那些舉動。傅華暗自搖頭，學歷和仕途就這麼重要嗎，有必要拿身體來換？

曲志霞上車後，傅華問：「副市長，我們是回去還是怎麼辦？」

曲志霞說：「先別急，等一下吳教授，他在上面有點事情要處理，一會兒下來跟我們一起吃飯去。」

等了半個多小時，吳傾才從辦公大樓裏走了出來。

傅華趕忙給他開了車門，吳傾這次倒還記得他，衝他點了點頭，說：「傅主任，你好。」

傅華也回了一句好，吳傾上了車，就說：「小曲啊，真是沒必要的，我天天在外面應酬，這些場合常去，大飯店的飯菜都一個口味，沒什麼意思。」

傅華想了一下才反應過來吳傾說的小曲，是指曲志霞。不想人人敬畏的曲副市長轉眼間在吳傾嘴裏就變成小曲了。

曲志霞說：「教授，我也知道您應酬很多，不在意這些，但是學生我也不知道該如何表達對您的尊重。」

吳傾笑笑說：「你有這個心意就行了，沒必要搞這些形式的。以後相處起來你就知道，我這個人沒什麼架子的。」

曲志霞說：「是啊，教授，跟您熟悉了我才知道，您雖然名滿天下，卻真是平易近人。實話說，我原本還有些擔心，怕您不肯收我這個學生呢。」

吳傾笑了起來，說：「我有那麼嚴肅嗎？」

曲志霞笑笑說：「我那是對您不熟嘛，您是名教授，人家心中自然會有些畏懼的。」

吳傾說：「現在熟了，是不是就沒這些顧慮了？」

這時，傅華聽到背後傳來輕輕的拍手聲，他雖然沒轉頭回去，卻可以猜到是吳傾伸手去拍曲志霞的手，心裏不禁搖頭，大教授啊，你就是要調戲人家，也撿個沒人在的場合啊，車裏還有我和司機兩個大活人呢，你也不怕讓我們覺得肉麻啊。

但曲志霞卻不感覺肉麻，逢迎地說：「是啊，現在我知道您是這麼好相處的一個人，我當然是沒有顧慮了。」

眾人就去了「主席台」餐廳，傅華看吳傾那麼不知檢點，而曲志霞又那麼迎合，很想避開不參加，卻又找不到離開的理由，只好硬著頭皮跟了進去。

進入餐廳，吳傾的神情十分自若，顯然他常出入這些場合。坐定後，曲志霞就讓吳傾點菜，吳傾說隨便搞點什麼來吃就好了，曲志霞就推說她對北京不熟，讓傅華來點。

傅華沒辦法，只好揀幾樣昂貴的招牌菜，什麼清蒸東星斑、燕窩、鵝肝之類的。酒是吳傾點的，他倒是很識貨，直接點了最貴的拉菲。傅華直感覺肉痛，這一餐少說也要幾千大洋出去了。

曲志霞倒是一副不在意的樣子。也是，花的不是她的錢，她當然不會在意了。

酒宴開始，曲志霞先敬了吳傾一杯，說是感謝吳傾的指導，吳傾也沒推辭，跟曲志霞碰了一下杯，然後喝掉了杯中酒。

曲志霞接著又敬了吳傾第二杯酒，說是今後如果有機會跟吳傾學習的話，希望吳傾對她多加關照。

吳傾高興地說：「小曲，你放心好了，只要你初試過了，我跟你打包票，複試我一定會讓你過的，這總可以了吧？」

在職博士生的入學考試，導師的意見占很大的分量，吳傾這麼承諾，意味著曲志霞這個在職博士基本上篤定了。曲志霞興奮的臉都有點紅了，連聲說：「可以了，我先謝謝教授。」兩人就又碰了一下杯，然後乾了杯。

然後曲志霞就暗示讓傅華敬酒，傅華就以北大學生的名義敬了吳傾一杯。

三杯酒下肚，吳傾的臉開始紅了，人也亢奮了起來，對曲志霞說道：「小曲，你知道前幾天我給誰講過課嗎？」

曲志霞笑笑說：「我不知道，但我猜能讓教授去講課的肯定是大人物。」

吳傾點點頭說：「你猜對了，是大人物，還是大到了不得的人物，在中國，他們幾位應該算是頂天了的。」

「哦，」曲志霞眼睛睜大了，伸出一個手指，指了指天花板，說：「該不會是上面的那幾位？」

吳傾得意的點了點頭，說：「不錯，就是那幾位。他們把我找去，詢問了幾個經濟方面的問題，對我很尊重，還稱呼我爲吳老師，真是有一種求賢若渴的姿態啊。大領導就是大領導，雖然電視上看上去一個個都很嚴肅，但見面的時候，都十分地和藹親民。」

說到這裏，吳傾伸出右手，笑說：「我這隻手可是跟他們幾位都握到了，真是與有榮焉啊。」

吳傾說這話時，傅華正夾了一筷子菜在吃呢，吳傾得意洋洋的把手伸出來的動作，讓他差一點笑噴出來。他趕忙捂住嘴咳嗽了一下，把笑意給憋了回去。

曲志霞有點不滿的說：「你怎麼了，傅主任？」

傅華說：「不好意思啊，我剛才嗆到了。」

曲志霞瞥了傅華一眼，說：「你吃慢點嘛，好像誰要跟你搶似的。」

訓斥完傅華，曲志霞轉頭去看了看吳傾，說：「教授，別管他了，我們繼續說我們的，那幾位有沒有跟你說一些特別的話啊？」

「當然有啊。」吳傾就繼續神采飛揚的講領導們對他怎麼怎麼好了的事。

吳傾越講越興奮，講著講著，眾目睽睽之下，居然忘形的撫摸著曲志霞的手，說：「小曲啊，你做我的學生不會吃虧的，我會讓你……」

傅華和司機見了趕忙低下頭，裝作什麼都沒看到的樣子。曲志霞的臉騰地紅了，把手掙脫了出來，一邊便陪笑著說：「教授，您喝的有點多了。」

吳傾卻渾不自覺，笑笑說：「我沒事，小曲，你聽我說……」

吳傾繼續對曲志霞吹噓起來，又拿起酒杯倒上酒，非要跟曲志霞喝酒不可，曲志霞無法推辭，跟他又喝了幾杯。

這幾杯下肚之後，吳傾的行為越發的控制不住，不但滔滔不絕的講話，行為還越發的放肆。

吳傾這樣子搞得坐在一旁的傅華渾身不自在，偏偏這又是包廂，什麼設備都有，他無法以上洗手間為藉口離開，簡直是避無可避。傅華第一次覺得「主席台」這種過於保護隱私的獨立包廂也有不好的地方。

不過再難熬的宴會也有結束的時候，吃過甜點後，這一餐就結束了，傅華買了單。這一餐傅華吃得很窩火，不僅花了不少錢不說，還被吳傾出格的舉動搞得渾身不自在。當著曲志霞的面，傅華還不好發作，要裝作神態自若的樣子，真是苦不堪言。

出了餐廳，傅華還要將吳傾送回北大去。在車上，吳傾繼續吹噓著，就連曲志霞也察覺到吳傾的淺薄，也不講話了，一路上幾乎是吳傾在唱獨角戲。

終於到了北大，傅華給吳傾開了車門，下了車。作為將來的弟子，曲志霞也不得不下車跟吳傾告別，她伸出手來，說：「教授，我要回去了，保持聯繫吧，期待成為你的學生的那一天。」

吳傾沒有握手，卻是借著酒意將曲志霞攬進懷裏緊緊抱住，又拍了拍曲志霞的身體，好一會兒才鬆開，然後說：「那小曲，我們複試的時候再見了。」

傅華趕忙把眼神從兩人身上閃開，儘量裝作什麼都沒看見。

曲志霞強笑了笑說：「好的，教授，我們複試時見了。」

吳傾就轉身進了經濟管理學院的大樓，傅華、曲志霞上車回駐京辦。

一路上曲志霞都不說話，傅華偷眼從後視鏡裏看曲志霞的臉色陰沉的可怕，顯然她對吳傾剛才的行為也很惱火，但是又無法對吳傾發作，還被他這個下屬看到，對曲志霞簡直是一種羞辱。

傅華不敢說什麼，這時候保持沈默是最好的一種處理方式了。

過了好一會兒，一直沉默的曲志霞突然說話了：

「傅主任，你看能不能幫我訂下午或者晚上的飛機，我想趕緊回海川，我來之前只跟孫市長請了四天假，我想儘快趕回去。」

傅華知道她是被吳傾搞壞了心情，覺得沒臉繼續待在駐京辦，所以才臨時起意改變行程要回海川的。於是說：「沒問題，曲副市長，您等一下，我跟售票處聯繫一下。」

傅華就馬上打電話，下午五點飛海川的航班還有餘票，曲志霞就點點頭說：「行，我回海川大廈收拾一下趕去機場還來得及，就訂這個吧。」

傅華就幫曲志霞訂了機票，然後送她回海川大廈收拾行李，又馬不停蹄的將曲志霞送去機場。

曲志霞臨進安檢的時候，回頭看了看傅華，似乎想說什麼。傅華感覺曲志霞是想解釋吳傾的事，心說你可千萬別解釋，一解釋就把我牽涉進去了；何況你解釋給我聽的話，我要怎麼回答你啊？

傅華便趕忙搶在曲志霞開口前說道：「副市長，祝您一路平安，沒什麼事的話，我就回駐京辦了。」

傅華這麼說，打亂了曲志霞的思維，她無意識的啊了一聲，隨即也可能意識到她要解釋的話似乎也並不恰當，就笑笑說：「行，傅主任，你就回去吧，這次辛苦你了。」

傅華笑笑說：「您太客氣了，再見了，副市長。」

傅華轉身出了機場，他心中有點可憐曲志霞，女性官員在政壇上時常會受到種種騷擾，曲志霞做到今天這個位置，一定也經歷過不少類似的事，只是吳傾最後的摟抱有點超出了曲志霞的承受限度，所以她才會顯得那麼惱火。

傅華雖然同情曲志霞，但是也覺得曲志霞的行為有些可笑，手都被人家摸了，又何必去介意被抱那麼一下呢？同時，曲志霞也在官場上打滾多年了，傅華不相信她看不出來吳傾是個好色之徒。既然看出來，還要去跟吳傾親近，那就要做好接受這種行為的心理建設，也就不至於被弄得這麼尷尬了。

傅華回到駐京辦，看看也到了下班時間，就收拾了一下，準備回家。這時手機響了起來，是喬玉甄的電話。

喬玉甄開口就說：「傅華，你是不是跟曲志霞說了什麼不該說的話了，原本她跟我說好晚上要一起去逛街的，怎麼突然不高興的跟我說她有急事要趕回海川啦？」

傅華笑說：「這可不關我的事了，她要趕回海川是另有原因的。」

喬玉甄聽了說：「哦，那就好，我還以為我告訴她我和你認識，你在她面前沒注意，說了什麼不應該的話，惹她生氣了呢。咦，她告訴我今天要去見那個北大教授吳傾的，她不高興不會是跟吳傾有關吧？難道吳傾不準備收下她這個學生？」

傅華說：「吳傾倒沒有說不收她，相反，他很想收她做學生；不過，現在曲志霞願不願意作吳傾的學生，可就很難說了。」

「怎麼了？」喬玉甄詫異的說：「曲志霞不是很想讓吳傾收她做學生嗎？怎麼又會不願意了呢？」

傅華就講了吳傾在吃飯時的行為，講完後，傅華不屑的說：「小喬你說，她都已經送上門去了，被吳傾抱一下有必要這麼大反應嗎？」

「喂，傅華，」喬玉甄忽然變得很不高興，說：「你這麼說是不是有點太刻薄了，難道說在你心目中，女人都應該這麼賤的嗎？被人摸了手不算，還要主動把身體送給男人去玩弄啊？你們這些臭男人真是沒一個好東西，都拿女人不當人。」

傅華愣了一下，沒想到喬玉甄會對他說曲志霞幾句話這麼生氣，他尷尬的說：「不是的小喬，我沒那個意思，我只是覺得曲志霞反應這麼大有點可笑。」

「是啊，」喬玉珍譏諷道：「別人都是可笑的，都是下賤的，就你是清白的，你比別人都高人一等，你可以居高臨下的去審視別人的行爲多麼可恥，你是聖人，行了吧？」

傅華被喬玉甄劈頭蓋臉的猛說這一通給搞懵了，他正不知道該怎麼去跟喬玉甄解釋時，喬玉甄已經啪地一聲掛了電話，把傅華搞的是一頭霧水，不知道什麼地方踩到地雷，惹到了她哪根筋，把喬玉甄惱到要掛他電話的程度。

傅華有心打電話過去跟喬玉甄解釋，卻不知道該說什麼，索性打消了這個念頭，大嘆女人這種動物想法真是令人捉摸不透。

傅華就離開駐京辦回家，一路上，他的心都是怏怏不樂的，他很希望喬玉甄能主動打電話過來跟他道歉，但是直到他回到家，他的手機也沒響起過，顯然喬玉甄並沒有要跟他道歉的意思。

傅華有點鬱悶，難道我真的自認爲自己是聖徒，可以居高臨下的去審視別人嗎？想了想，他似乎還真是有這個傾向。每每他對身邊的人一些看不慣的行爲，不就是站在一個道德的高地上去審視他們的嗎？

他有什麼資格去看他們的笑話？難道他的做法就比他們高明嗎？

好比他的師兄賈昊，他總認爲賈昊的做法這樣不對，那樣有問題，甚至還去規勸賈昊改正錯誤。其實嚴格講起來，他的工作跟賈昊所做的性質是一樣的，只不過他是爲了公家，而賈昊是爲了私人罷了。

這種差別不是本質的差別，只是五十步和一百步的差別而已，所以他被喬玉甄發作也是活該的。

第二天上午，傅華正在駐京辦辦公，臨近中午的時候，蘇南滿面笑容的走了進來，衝著傅華嚷道：「傅華，別忙了，走走，中午我請你吃飯。」

傅華瞟了蘇南一眼，看蘇南這個興沖沖的樣子，可能他在齊東機場項目上已經有幾分勝出的把握了。便笑笑說：「南哥，你這人太不夠意思了吧？」

蘇南說：「怎麼了，我怎麼不夠意思了？我跑來請你的客還不夠意思啊？」

傅華笑說：「你還不承認，我好心好意的幫你出主意爭取項目，你不但不感激我，還在鄧叔面前出賣我，讓鄧叔把我叫去訓了一通。作爲朋友，你這麼做夠意思嗎？」

蘇南冤枉地說：「這你不能怪我啊？這件事我總是要先跟鄧叔通個氣嘛，他一看那封信，就覺得不像是我想出來的，於是逼問我是什麼人出的主意。你也領教過鄧叔的厲害，我只好老老實實的把你給招出來啦。」

傅華笑了笑說：「你還是老實承認吧，不是鄧叔厲害，而是你想要這個項目，所以就把我賣給鄧叔了。」

蘇南不好意思地說：「好啦，好啦，我承認就是了，我今天來不就是請你吃飯賠罪的嘛！誒，傅華，你被鄧叔訓的厲害嗎？」

傅華說：「反正不輕鬆。誒，你現在這副小人得志的樣子，是不是齊東機場項目有眉目了？」

蘇南點點頭，說：「是的，你不是看到了那封信嗎？鄧叔拿著那封信把王雙河找去很誠懇的談了一次話，說是有人向省政府舉報他接受賄賂，內定讓哪家開發商得標。鄧叔故意說他不相信王雙河會那麼做，雖然信中很明確的說了某日某時王雙河在什麼地方見了誰。」

傅華笑了起來，說：「你這傢伙真是夠賊的，居然把王雙河受賄的情形摸得這麼清楚，一定花了不少的情報費吧？」

蘇南得意地說：「那是自然，我不是跟你說過我約了一個齊東市的副市長在齊州見面嗎？那個副市長對王雙河很有些看法，就是他提供了這個情報的。你不知道，鄧叔說出來時，王雙河是個什麼表情。」

傅華聽了笑說：「肯定不會是好表情就是了。」

蘇南說：「是啊，鄧叔說當時王雙河面如土灰，手都有點顫抖了，直說是有人在污蔑他。鄧叔就說他也覺得是有心人在造謠，不過希望王雙河不要讓這些有心人不幸言中了。王雙河當即表示他一定不會，一定會秉承著三公原則，搞好這次項目的招標。」

王雙河既然這麼說了，就等於是向鄧子峰承諾他不會把項目給原來內定的開發商了。

蘇南又說：「這傢伙還算上路，在我回北京前，他打了一個電話給我，跟我聊了一下齊東市在機場建設上的思路，不出意外的話，齊東市機場項目應該可以被振東集團拿下的。傅華，這一次你居功甚偉，說吧，你希望我怎麼回報你啊？」

說到底，蘇南的振東集團如果勝出，也還是一個官商勾結的結果，不過是另一種操作方式罷了。原本王雙河是被開發商用金錢收買了，現在王雙河則是爲鄧子峰的權勢所逼，爲了保住烏紗帽而轉向另一家集團罷了，兩者其實是半斤八兩。

不過，現在的傅華對朋友的行爲，心態上已經寬容了很多；再說，反正不管通過什麼方式，齊東機場總是要找人來建設的，與其給別人，還不如給自己的朋友呢。

傅華便笑笑說：「南哥你能給我什麼啊？」

蘇南愣了一下，不敢置信地說：「咦，傅華，今兒是不是太陽從西邊出來了，你怎麼改性了？以往別人說要送你什麼的時候，你都是這推辭那不要的。今天怎麼我一開口你就接受了呢？」

傅華打趣說：「誒，你怎麼說送別人東西，先想著別人不會要的，你到底有沒有送禮物的誠意啊？」

蘇南笑說：「誠意當然是有的，只是對你肯收下我有點意外。說吧，你想要什麼？」

傅華說：「我還真是沒什麼特別想要的東西。」

蘇南說：「要不我在西山給你搞套別墅吧，我有朋友最近在那兒開發了一個項目，環境相當好，你跟鄭莉週末可以帶著孩子去住一下，怎麼樣，這個誠意夠了吧？」

傅華誇張地說：「南哥，你好大的手筆啊，西山的別墅一棟恐怕要上千萬吧？」

蘇南笑說：「以前不用，現在房價被炒得厲害，一千萬還要多一些的，不過我還給得起。」

傅華咋舌說：「你給得起，但是我收不起啊，我要是真拿了，海川紀委還不得派人來查我收入來源啊！」

蘇南笑說：「你這傢伙，剛剛還誇你放開了些，怎麼還沒一會兒就又縮回去了？」

傅華說：「你這手筆太大，嚇得我不得不往回縮啊。行了南哥，你不是要請我吃飯嗎？這頓飯就算是你對我的回報好了。」

蘇南搖搖頭說：「那也太小氣了，簡直是看不起我蘇南嘛。今天吃飯是爲了賠罪，可不能算是回報，你再想一樣。」

傅華說：「你先別急，我還沒想出來要什麼，反正你的項目也還沒拿到，等你確定拿到了再說吧。」

蘇南笑笑說：「也好，走走，去吃飯。今天你隨便點地方，多貴的我都買單。說吧，想去哪裡啊？」

傅華說：「昂貴的地方不一定就讓人感覺舒適，還是去曉菲那裏吧，在她那兒，大家都自在。」

蘇南爽快地說：「行啊，說實在，曉菲那個四合院真是讓人感覺很舒適呢。」

兩人就去了曉菲的四合院，進門後，傅華愣了一下，喬玉甄竟然也在裏面跟曉菲閒聊呢。他和蘇南進來時，曉菲和喬玉甄正一副聊得很開心的樣子。

傅華有點尷尬，不知道跟喬玉甄說些什麼比較好，只好衝著喬玉甄笑笑說：「這麼巧，你也在啊？」

喬玉甄似乎還有些餘怒未息的樣子，口氣很衝地說：「怎麼，我不能來啊？曉菲這裏可是打開門做生意的，我跟她又是朋友，來捧場總可以吧？」

傅華趕忙說：「我可沒說什麼啊，我只不過跟你打聲招呼罷了。」

曉菲瞅了兩人一眼，狐疑地說：「你們倆沒事吧？」

喬玉甄譏刺說：「當然沒事了，人家傅主任可是有身分的人，又怎麼會跟我這種人有事呢？」

這下子連蘇南也看出喬玉甄跟傅華在鬧彆扭了，他看著傅華說：「誒，傅華，你倒挺有本事的，沒見你做什麼，怎麼就招惹到我們的美女啦？小情人鬧彆扭啊？」

傅華急急說道：「南哥，話可不要亂講啊，我可沒什麼情人，你這樣講很容易引起誤會的。」

喬玉甄這時接話說：「是啊，蘇董，人家傅主任可是道德君子，又怎麼會做偷情這種下賤的事呢？」

傅華感覺喬玉甄今天是擺明要給他找不自在，他有一種莫名其妙的感覺，就轉頭看了看蘇南說：「南哥，我們進包廂吃吧。」

蘇南一副瞭然於心的樣子，笑笑說：「行啊，今天你說了算。」

進了包廂坐定，蘇南忍不住問：「你跟喬小姐是怎麼回事啊？」

傅華苦笑說：「我也不知道哪裏惹到她了，反正女人的心理很難捉摸。」

「誒，傅華，」曉菲這時走進了包廂，說：「你跟玉甄究竟怎麼了，我看她氣鼓鼓的，似乎對你一肚子意見的樣子。」

傅華一臉無奈地說：「我也不知道，你別問我了，要問，你去問她好了。」

曉菲笑了起來，說：「我問了，她不說啊。傅華，你們倆不會真的好上了吧？我看你

們倆現在倒真是像一對打情罵俏的情人啊。」

傅華眉頭一皺說：「曉菲，你開什麼玩笑啊？我是那種愛勾三搭四的男人嗎？」

曉菲撇了一下嘴，說：「是不是你自己心裏不清楚嗎？」

顯然曉菲還沒忘記傅華跟她的那段過往，對傅華跟喬玉甄這樣似乎頗爲介懷。

傅華搖搖頭說：「曉菲，我開始覺得今天來你這裏是選錯地方了。」

曉菲一聽，頓時就很不滿意了，說：「那你可以走啊，也沒有人非要把你綁在這裏。」

傅華也有點生氣了，今天真是邪門，碰到的每個女人都跟他橫眉豎眼的，也不知道今天的黃曆上是不是寫著忌見女人。他就想站起來離開這裏。

這時，蘇南瞪了傅華一眼，說：「傅華，你幹嘛啊？真的想走啊？一個大男人的，有點肚量好不好？曉菲也沒說錯啊，你跟喬小姐是有點不對勁嘛。」

連蘇南都來訓他，傅華整個無言了，說：「看來我今天註定是挨訓的命，行了，你們愛說什麼就說什麼吧。」

蘇南笑笑說：「傅華，我不是想訓你什麼，只是我真的很好奇你跟喬玉甄究竟是怎麼一回事啊？一定不會沒什麼原因的吧？」

曉菲也說：「是啊，我也覺得很奇怪。傅華，女人是不會對她不在乎的男人用那種口氣說話的，你一定是什麼地方惹到她了。」

傅華嘆說：「別說你了，我也在納悶什麼地方惹到她了呢。好了，我和南哥是來吃飯的，不是來跟你八卦的，趕緊去給我們弄幾個菜上來。」

曉菲瞪了傅華一眼，說：「你們倆就搞神秘好了。南哥，我去給你們點菜了。」

曉菲出去後，蘇南忍不住說：「你可別玩火啊，那女人不好惹的。」

傅華見連蘇南也認爲他跟喬玉甄有什麼曖昧，就發誓說：「南哥，我真的沒騙你，我跟她沒什麼的。好了，我們能不能不說她了？」

蘇南這才說：「行，我今天本來就是請客給你賠罪的，你說怎樣就怎樣囉。」

兩人就不再說喬玉甄了，一會兒曉菲點的菜送了上來，因爲是中午，兩人也沒喝什麼酒，隨便吃了點就散了。從包廂出來時，喬玉甄已經離開了。

回到駐京辦，傅華越想越氣，心想不就是我說了曲志霞幾句嗎，你有必要那麼不依不饒的嗎？就撥通了喬玉甄的電話。

喬玉甄倒是沒有不接電話，不過沒好口氣的說：「你打電話給我幹嘛？」

傅華火了，嚷道：「你到底怎麼啦，我說的是曲志霞，你跟我生的哪門子氣啊?!再說，你那天罵了我一通，又掛了我的電話，我也沒說什麼，你有必要對我那麼不依不饒的嗎？」

喬玉甄毫不示弱地說：「是啊，我就是生氣了，我就是要不依不饒，你怎麼樣啊？」

傅華嚷道：「你還講不講理啊？」

喬玉甄叫道：「我就不講理了，你要怎麼樣?!」

傅華氣得說道：「你不可理喻。」

喬玉甄耍無賴地道：「我就不可理喻了，你要怎麼樣?!」

傅華簡直被氣炸了，這種女人你是無法跟她講理的，再爭執下去也吵不出個理來，就啪的一下扣了電話，心情好半天都沒能平靜下來。

海川市政府會議室。

正在舉行市政府常務會議，孫守義正在談最近這段時間海川市政府要做的事，他特別強調了氮肥廠地塊招標的工作一定要做好。

講到這裏，還抬起頭來特別看了曲志霞一眼，沒想到曲志霞卻是一副低著頭若有所思的樣子，似乎根本就沒在聽他在講什麼。

孫守義覺得很奇怪，曲志霞這次從北京回來後，就老是神情萎靡、心不在焉的樣子，是病了，還是在北京遇到了什麼事？如果有什麼特別的事，傅華應該會跟他說的啊？

孫守義不好中斷會議問曲志霞怎麼了，就繼續談其他的議題。

會議結束後，孫守義拿著東西回自己辦公室，曲志霞在他身後。孫守義回頭看了曲志霞一眼，說：「曲副市長，你到我辦公室來一趟吧，我們談談。」

曲志霞愣怔了一下，說：「什麼，市長，你剛才說什麼？」

顯然曲志霞剛才有些恍神，所以才沒聽清楚他的話，孫守義越發覺得曲志霞的情形有些不對了，就笑笑說：「我是說你到我辦公室裏來一下，我們談談。」

曲志霞哦了一聲，沒說什麼，就跟著孫守義進了市長辦公室。

坐定後，孫守義就問說：「曲副市長，你是不是生病了，我怎麼看你的氣色這麼差啊？」

曲志霞心說：生什麼病啊，還不都是被你們這些臭男人給害的！她強笑了一下，說：「市長，我沒生病，謝謝您關心了。」

孫守義關心地說：「你沒生病就好。不過你的氣色很差，是不是這段時間忙考試又忙工作的，累壞了啊？要不要放你幾天假回去休息休息？別累出病就麻煩了。」

「不用了，我沒事的，市長。」曲志霞心說：都承安和吳傾都給我出了難題，我就是回家，也輕鬆不下來啊。

看曲志霞故作輕鬆，根本就不像沒事的樣子，卻又不肯承認，孫守義也只好說：「那你自己注意休息吧，要勞逸結合，我可不想我的常務副市長累倒在工作崗位上。」

「這您放心，市長，我心中有數的。」曲志霞打起精神說。

「那行，你回去工作吧。」

曲志霞回到自己的辦公室，關上門，深深地嘆了口氣，我究竟要怎麼辦？要不要跟吳傾讀這個博士呢？

在都承安和吳傾這兩件事情上，吳傾才是真正困住曲志霞的難題，也是她這幾天恍神的主要原因，因爲她不知道該如何抉擇。

都承安那件事雖然也是個麻煩，但那僅僅是關係到錢的問題。只要是錢能解決的問題，那就不是大問題，頂多是心疼罷了，她只要把錢退還給都承安就行了。

但吳傾的事就不是錢的問題了，而是關乎她今後仕途的問題。

她如果做了吳傾的學生，就等於是鍍了金，省委再要考慮提拔用人的時候，相信吳傾這塊金字招牌，一定會給她加分不少的。甚至她可以借助吳傾的影響力，去中央部委出任女副部長之類的角色也很難說。

政壇上能幹的女官員本來就不多，能力不錯再加上學識出色的，就更是鳳毛麟角了。如果能借助吳傾的力量，她是很有可能在仕途上走得更遠的，起碼要比金達遠。

對此，曲志霞不是沒有憧憬過，這也是她非要找像寧則、吳傾這種層級的著名學者做博導的主要原因，她想借此鍍金，並不是真心求學，因此必須名人掛帥，才能幫她把這層金鍍上去。

但她沒想到的是，她費盡心思找到的名教授卻是個骨子裏性好漁色的小人。這就讓她要面臨一個抉擇了，如果要給吳傾做學生的話，她就必須付出身體作爲代價。

她可以堅守底線，但是那樣，吳傾肯定就不會喜歡她，不喜歡，也就不會盡力幫她拓展前途了。

曲志霞個性還是有些傲氣的，心理上，她無法接受把自己的身體交給男人去玩弄，然後換取仕途上的進步。那樣她跟賺皮肉錢的那些女人有什麼區別？但是現在的吳傾，是可以提供出讓她動心的條件來的。

曲志霞已經面臨她仕途的天花板了，如果沒有什麼特殊情況發生，很可能海川市常務副市長這個職務就是她能到達的最高位置了。

這是曲志霞很不願意接受的一個結果，她不甘心就這麼輕易的退出政治舞臺，在她心中，她覺得自己可以走上更高的級別，最起碼她不應該輸給金達吧?!

金達跟她的年紀差不多，但是看金達的發展勢頭，很有可能會出任省委副書記或者副省長。金達的能力比她差，卻已經是她的領導，就因爲他是男人，所以得到重用，讓她大感不平，更有些嫉妒。

曲志霞就很渴望找到一個契機，讓她打破天花板，走到更高位置的領導崗位上去。就算不能超過金達，起碼也要混個平級吧？吳傾就能提供她這個機會。但是老天爺捉弄人的是，吳傾想要的，卻是她最不想付出的東西。

接受還是不接受，對曲志霞來說都是很難做出的決定。她甚至有些懊悔不該托人找到吳傾。沒認識吳傾，她就不會陷入這個天人交戰的困境裏了。

曲志霞在辦公室裏左思右想正煩惱時，手機響了起來，又是都承安，她已經很煩的心更加煩亂，這傢伙真是纏人，這樣下去非要把她逼瘋了不可。

但是她始終是要面對都承安的，而且氮肥廠地塊競標的日期日益臨近，這件事很快就會見真章，越拖下去，對她越不利，於是接通電話說：

「都董啊，你別催我了，這個星期五我會回去，什麼事情我們見面再談吧。」

都承安本來是想責問曲志霞為什麼從北京回來了還不跟他碰面，曲志霞的話把他的問題給堵了回去，只好說：「那好，我週末等你。」

請續看《官商鬥法》II 18政壇大地震

獵財筆記 之1 冒險一搏
網路點閱率千萬破表
年度最受歡迎作家
月關 力作
獵財筆記 之2 金錢槓桿
獵財筆記 之3 商海獵金
獵財筆記 之4 虎口奪食
獵財筆記 之5 局中有局
獵財筆記 之6 富貴風險
獵財筆記 之7 億元之搏
獵財筆記 之8 大浪淘沙

# 官商鬥法II 十七 畫龍終點睛

作者：姜遠方
發行人：陳曉林
出版所：風雲時代出版股份有限公司
地址：105台北市民生東路五段178號7樓之3
風雲書網：http://www.eastbooks.com.tw
官方部落格：http://eastbooks.pixnet.net/blog
Facebook：http://www.facebook.com/h7560949
信箱：h7560949@ms15.hinet.net
郵撥帳號：12043291
服務專線：(02)27560949
傳真專線：(02)27653799
執行主編：朱墨菲
美術編輯：吳宗潔

法律顧問：永然法律事務所 李永然律師
北辰著作權事務所 蕭雄淋律師

版權授權：蔡雷平
初版日期：2016年11月
初版二刷：2016年11月20日
ISBN：978-986-352-354-3

總經銷：成信文化事業股份有限公司
地　址：新北市新店區中正路四維巷二弄2號4樓
電　話：(02)2219-2080

行政院新聞局局版台業字第3595號 營利事業統一編號22759935


定價：280元　特惠價：199元


國家圖書館出版品預行編目資料

官商鬥法II／姜遠方 著. -- 初版. -- 臺北市：
風雲時代，2016.01 -- 冊；公分

ISBN 978-986-352-354-3（第17冊；平裝）

857.7　　105006537